本の背骨が最後に残る

斜線堂有紀

Shasendo Yuki

光文社

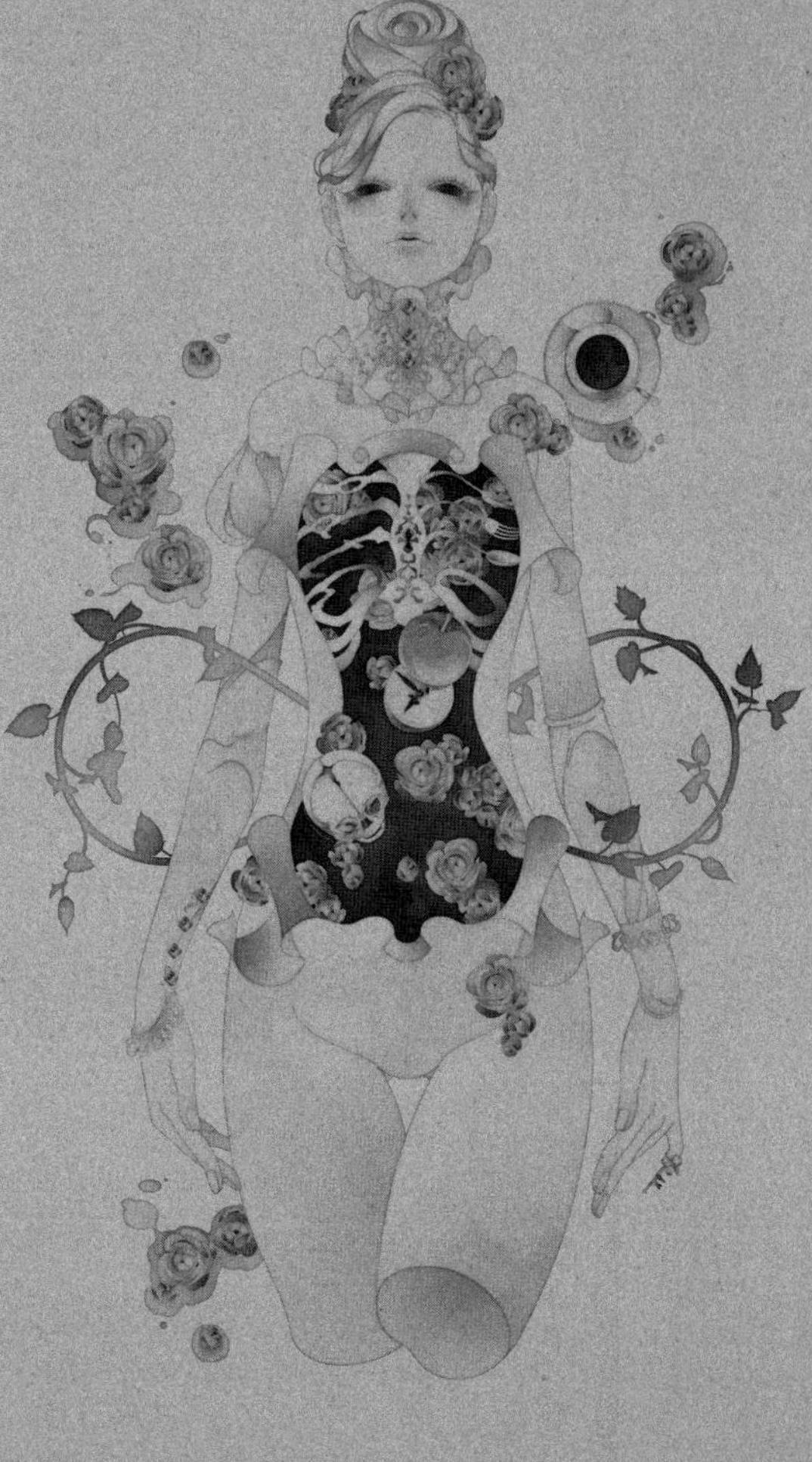

The Spine of The Book
is The Last one left

Shasendo Yuki

本の背骨が最後に残る

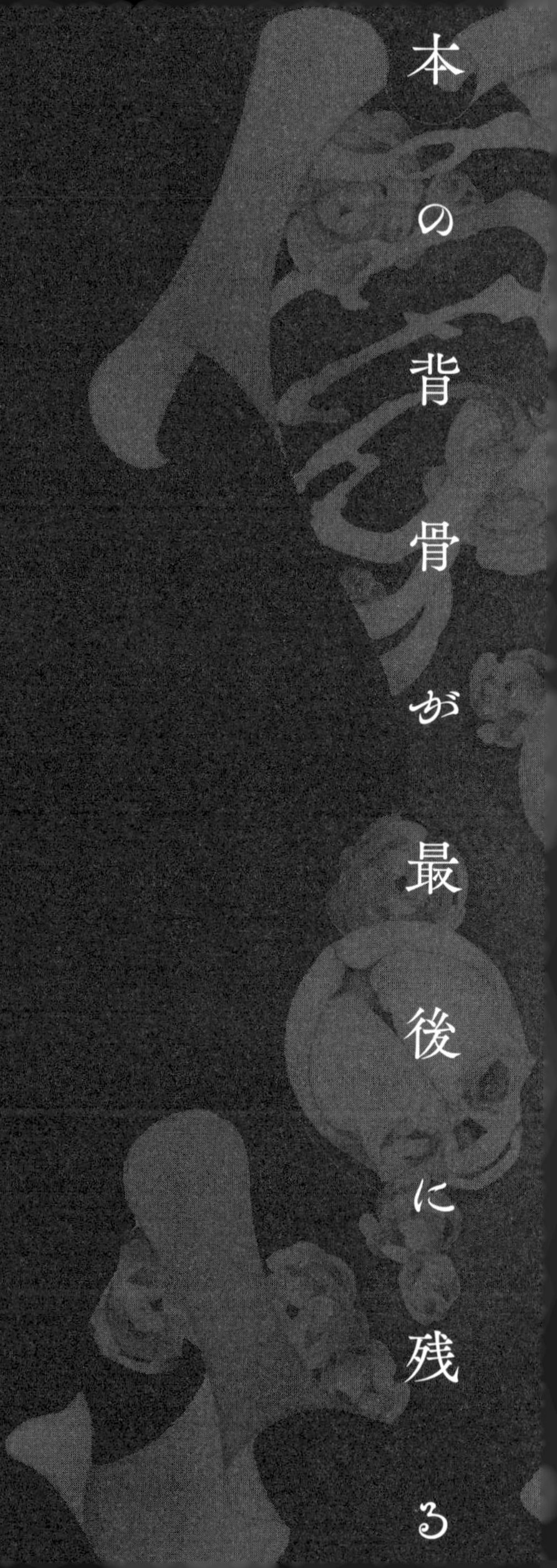

contents

装幀　坂野公一（welle design）

装画　佳嶋

本の背骨が最後に残る

本を焼くのが最上の娯楽であるように、人を焼くことも至上の愉悦であった。

旅人が出会ったその本は盲目だった。目は両方とも熱した鉄の棒で目蓋《まぶた》の上から焼き潰されている。痛々しく残った火傷《やけど》の痕《あと》には輝く粉が塗られ、顔を往く河のように見えた。おぞましく思うべきであるのに、美しい、と旅人は思った。

「どちらの国からいらっしゃいましたの？」

旅人がとある国の名前を答えると、彼女は恭《うやうや》しく頷《うなず》いた。肩の辺りで切り揃えられた美しい黒髪が揺れる。喪服のような黒いドレスからは、何本もの色とりどりの紐《ひも》が下がっていた。

これはスピンと呼ばれる手染め手編みの紐で、本が身につける伝統的な飾りだ。

お返しに火傷の痕について尋ねると、本は楽しそうに笑った。

「この国では一冊の本が刻める物語は原則一つまでとなっております」

服と同じく黒く塗られた爪が、火傷の河を引っ掻《か》いてみせる。

「ですが、私はその不文律を破りました。私はこの身に十の物語を刻んでおります。これは大罪ですが、頭蓋骨の中は焼けますまい。目を抉《えぐ》られるのは二度で済みます。十引く二、で今のところ私の勝ちでございましょう」

「それで何の得があるのだ」

この国の本についての知識が多少あった旅人は、訝《いぶか》しげに尋ねた。多く物語を刻んだところで、本にはさほどの益も無い。それどころか、その身を危うくすることにも繋《つな》がる。しかし盲目の本は楽しそうに笑いながら「床突く杖は多い方がいいでしょうに」と言った。

本は自身に刻んだ物語の題名で呼ばれるのが通例であったが、盲目の本は十の物語を刻んでいるが故に便宜上、十《とお》と呼ばれていた。

「本について知りたいなら、まず十と話すべきだ。あれはそのものだから」

この国に着いたばかりの時、本屋からは真っ先にそう勧められた。十は焼き場の近くに住んでいる変わり者なので、すぐ見つかるだろう。そして、十は旅人の訪問を拒みはしないだろう、とも。本屋の言葉は両方とも正しかった。

旅人はあっさりと十の家――棚に招き入れられた。殆《ほとん》ど物の無い簡素な家だ。目立つ物と言えば十の腰掛けている寝台と、その脇に置かれた豪奢《ごうしゃ》な壺くらいだった。家と呼ぶには殺風景なこの場所は、やはり棚と呼ぶのが相応《ふさわ》しいように見える。

いきなり来た旅人を、嫌な顔一つせず十は招き入れた。そして、こうも楽しそうに言葉を交わしているのである。

「この国はいかがですか？」

「……不思議な国だと思う。自分の国では考えられない」

この小国でどうして紙の本が禁じられたのかは知らない。ただ、何らかのきっかけがあり、存在した全ての書物は火に焼《く》べられた。しかし、傲慢《ごうまん》なこの国は本を焼いたのにも拘《かか》わらず、物語を手放そうとはしなかった。

紙の代わりに選ばれたのは人間であった。パルプに代わり本の名を請け負った人々は、口伝《くでん》により物語を繋ぎ、求められた時にその物語を語ることで役割を果たした。

この国には数多《あまた》の本があり、日夜様々なところで本による語りが行われている。

「自ら本になりたがる人間はいるのか」

「ええ、それはもういくらでも。一時期はこの国に暮らす人より本の方が多かった時代もあるとか」

「信じられない。そんなことが」

「あら、そうでしょうか。その身に何の物語も宿さずに生きることの方が、私どもには信じられません」

「生きながら焼かれることになるというのに」

「それは粗悪品のみでございます。物ごとを正しく伝えぬ本は害悪でしょう」

十は端整な顔を歪《ゆが》ませて、くつくつと笑った。もしかするとこの本は邪悪なのではないか、と初めて思ったのはこの時であった。

この国の本には、ごく稀《まれ》に『誤植』が見つかることがある。ある本とある本の語る物語に食い違いが発生することがあるのだ。

同じ『鷹フィニストの羽根』という題で記憶されている物語であるのに、二冊の間で結末や登場人物が違っていることがある。旅人からすれば口伝一つで物語を紡ぐのだから仕方が無いと思うのだが、この国ではこれはあってはならないことなのだ。即《すなわ》ち、どちらかに誤植があるということになる。

そんな時に催されるのが『版重《はんがさ》ね』である。

食い違った物語を宿す二冊の本が、『重ね場』と呼ばれる場所で向かい合い、どちらの物語が正しいかを論じ合うのだ。正しいと認められた側は正史であり、間違いと指を差された側は誤植持ちである。

版重ねでは、人間一人がすっぽり収まる棺桶に似た鉄の籠《かご》に入るのが決まりだ。鉄格子で編まれた籠は極めて細いもので、座ることはおろか身動《みじろ》ぎすることも叶《かな》わなかった。中に入った本は鎖によって籠ごと吊り上げられ、空中で闘うべき本と相対することになる。

そして、籠の下では火が焚かれる。

この炎は版重ねの間中、温度を下げることなく煌々《こうこう》と輝き続ける。その光は語る本を照らし続け、その顔に睫《まつげ》の濃い影を落とす。あまりの熱気に本の舌は乾き、喉《のど》が灼《や》ける。長引く版重ねでは声が出なくなる本や、汗の一滴すら出なくなる本も散見される。鉄製の籠はすぐに熱くなり、格子を掴《つか》む本の掌《てのひら》を焼く。

けれど、その苦しみに気を取られて言葉を紡げなくなれば、焚書《ふんしょ》が待っている。

版重ねの勝敗が決すると、地響きに似た音が鳴り響く。それは、本の入っている鉄製の籠の鎖が緩められる音だ。負けた本は、先程まで自身を苦しめていた炎に鉄の籠ごと放り込まれる。

鉄の籠はみるみるうちに赤くなり、本を苛《さいな》む炎の檻《おり》に変わる。しかし、炎に捲《ま》かれた本は果敢にも格子に身体《からだ》を押しつけ、炎から逃れようとする。あるいは、足を焼く火を払おうと飛び跳《は》ね始める。しかし、それは最悪の一手だ。不安定な足場で跳ねた本はバランスを崩し、格子に顔を付けて、皮膚を剝《は》ぎ取られることになる。叫び続けていたお陰で舌が焼ければ目も当てられない。格子から焼けた舌を離そうとして、そのまま抜かれてしまった本も居る。血の塊が焼け付く床に落ちると、紅玉《こうぎょく》のように固まって張り付くのだった。

焚書の間中、籠は振り子のように揺れるが、版重ねが始まって以来、この籠が壊れ、中の本が逃げ出せたことは無い。籠の揺れが収まると、観客はその本が無事に焼《く》べられたのだと分かる。

絶命後も本は焼かれ続ける。炎が消し止められるのは、本の肉がすっかり焼け落ち、鉄の籠に骨が積もってからだ。大抵の場合、焼け残るのは背骨であった。背骨は淡いクリーム色をしていて、美しい。

こうして国には正しい物語を刻んだ正しい本のみが残る。

『鷹フィニストの羽根』は人気のある物語でして、よく版重ねが行われるのです。そのお陰で、あの物語はとても正確だと評判ですの。もし物語に正しさを求めるのなら、まず『鷹フィニストの羽根』を語ってもらうのがいいかもしれませんね。彼女たちはみんな揃って鷹の羽根を挿していますから、傍目《はため》からも分かりやすい」

「お前も『鷹フィニストの羽根』を語れるのか」

「ええ、ええ。それは私の最も得意とする物語。お聞かせしましょうか？」

「いや、いい」

「あら、そうですか。それは口惜《くちお》しい。この物語の為に、私は何冊の本を焼いたことか。これだけ素晴らしい物語なのに、誰も彼も正しく覚えていられないなど……海馬《ページ》の無駄です」

十は良く通る舌打ちをして言った。それを見て、背筋が冷える。

刻んでいる物語が人気であれば人気であるほど、そして多ければ多いほど、版重ねを挑まれる確率も上がる。多くの本が記憶しているからこそ、記憶違いも増えるだろうに。十は臆することも無く、両目を焼き潰されてもなお物語を抱え込んだ。

背筋が冷えたのは、十に物語への愛や執着を感じたからではない。

そこにあったのは、本を焼くこと自体への執着だった。饒舌な語り口からは、あの鉄の籠の中で焼かれるものへの歪んだ愛着が見える。旅人のそんな気持ちを見透かしたのか、十は少女のように小首を傾《かし》げて言った。

「旅人様は私が版重ねで何度も生還していると知って、お声を掛けてくださったのでしょう？」

「……いや、そういうわけじゃない。本というものが何なのか知りたいと言ったら、お前に会うことを勧められた」

「それはご慧眼《けいがん》。私ほど本らしい本もありません」

「お前は何故《なぜ》、こんな旅の人間と会ってくれたのだ。語りも依頼していないのに」

「それは、私が今夜版重ねを控えているからでございます。私は版重ねの前には、出来る限り多くの人間と言葉を交わすことにしているのです。それも、物語ではなく、取るに足らない本らしからぬ雑談を」

「それは何故だ？」

「そちらの方が、私が焼かれた時に心が沸き立つでしょうから。一度も言葉を交わしたことの無い本が焼かれるのを見るのと、一度でも言葉を交わした本が焼かれるのを見るのとでは、愉《たの》しみの質が変わってきます」

思いもよらない言葉に、黙り込んでしまう。しかし、十はそのまま顔の河を爛々《らんらん》と輝かせて言った。

「ご期待ください。運が良ければ私の背骨が見られましょう」

今夜版重ねが行われることは知っていたものの、十が当人だとは思っていなかった。版重ねの名手として何冊もの本を焼いてきたその手管《てくだ》はどれほどのものだろう。

「恐ろしくはないのか？」

「それはもう。恐ろしくてたまりませぬ。私、熱いのが苦手でして、あの籠に入ること自体が苦行なのでございますの」

冗談としか思えないほど、軽い調子で言われた言葉だった。

火炙《ひあぶ》りになるかどうかが今夜決まるというのに、十はいやに平然としている。そのお陰で現実味すら欠けてしまいそうだ。いや、人を本にし、それを焼くことに取り憑《つ》かれて情勢すら傾いているこの国で、現実味も何もないのかもしれない。

「そうか。お前は負ける心配をしていないのだな」

「ええ。私はこの身に正しい物語を刻んでおります。正しさは私を炎から守るでしょう。確か、炎によって行われる裁判について書かれた本もどこかにあったはずです。私は刻んでおりませんが、あの物語は愉快でした。無実を証明する為に、女が火に飛び込むのですよ。それと同じです」

十は今まで一度も負けなかったのだろう。当然だ。そうでなければとっくに彼女はここにいない。焼かれて灰になり、背骨だけが残っている。

「……旅人様、折角《せっかく》ですから何か物語を聴いていかれませんこと？　私の舌も寂しさに震えております。ご慈悲を」

「……分かった。何が語れる」

「そうですね……『かぐや姫』などいかがでしょう。これもまた人気のある物語なのですよ。『聖エンドリウスの殉教』も語れますが、こちらは斜向《はすむ》かいに住んでいる男の本が得意としていますし、青年の声で聴いた方が適しているかと」

「それじゃあ『かぐや姫』でいい」

「分かりました。……ふふ、この物語、語るのは久しぶり。今までは版重ねの時ばかり舌に上って……ああ、すぐに語らせて頂きましょう。昔々、あるところに二対の月がございました——」

十の声は一転して優しく、繊細に響いた。さっきとは全く違うその声に、旅人は十が本であることを改めて意識した。

十が語った『かぐや姫』なる物語は、悲しみに満ちた恋物語だった。かぐやという兎《うさぎ》の化身が人間の皇子《おうじ》に恋をしてしまい、声と引き換えに人間に変わる。しかしかぐやは愛する皇子からの愛を得られなければ、月の光となって消える運命とあった。

旅人はこういった情緒的な物語を好むような性格ではなかった。しかし、十の声を存分に聴く為ということであれば、これ以上のものはないだろうとも思った。

夜になると街は俄《にわか》に活気立ち、重ね場の周りには人が多く集まっていた。版重ねはこの街で一番の娯楽であり、みんなが本の骨を待ち望んでいた。驚いたのは、幼い子供ですら版重ねを見に来ていることだった。

　そのことについてそれとなく尋ねてみたが、あまり要領を得なかった。紙が焼かれるところを見て、子供の目を覆《おお》う親はいない。旅人には理解の出来ない感性だったが、つまりはそういうことのようだった。

　重ね場はコロッセウムのような円形の劇場型をしている。ただし、普通のコロッセウムではなく、真ん中に据えられた場が、ぽっかりと下にへこんでいるのが特徴的だ。下では火を焚かねばならないし、籠を吊り下げる為の巨大な支柱も立てる必要がある。なので、重ね場は蟻《あり》地獄のような形をしているのである。

　この国は外からの客に優しく、重ね場の席は簡単に取ることが出来た。場合によっては持ち金の殆どを払ってでも席を取るつもりであったので、これは嬉しい誤算だった。

　旅人は炎の熱さが伝わるほどの最前列に陣取って、版重ねの開始を待った。重ね場の客席は籠と同じ高さに造られており、眼下では猛《たけ》る炎が舞っているのが見える。

　そして、視線をまっすぐに向けると、そこには籠に入った『本』がいた。向かいの籠には、十が入っている。この距離からでも、不遜な彼女の表情は炎に照らされてよく見えた。

　十の対戦相手の本は、雪のように白い肌と燃えるような赤毛を持った少女だった。長く伸ばした髪は太い三つ編みに結われており、遠目には炎の槍のように見えた。

彼女の足がわざわざ焼き潰されているのは、装丁の一部である。ただ書架にあることを良しとする本に施された、伝統の飾りだ。

対する十の足はしっかりと籠を踏みしめている、その点でも対照的だった。彼女はまだこの世界を歩き回れるのだ。

赤毛の本は、微《かす》かに震えているように見えた。下から感じる熱が、少しずつ彼女の心を削っているのだろう。傍目にも分かるくらい強く唇が噛みしめられて、今にも血が出そうだ。

この版重ねが終われば、この少女か十のどちらかが火に焼かれる。例外が無い、ということが恐ろしくてたまらなかった。あの籠は、どちらかを必ず殺す。

炎が籠を撫《な》でるほどの高さまで育つと、版重ねが始まる。

版重ねを取り仕切る校正使が、二つの籠の間に造られた台に立った。

校正使は老いた男だった。彼は、文字通り全てを知っている人間とされている。校正使はこの世の全ての叡智《えいち》に接続する術《すべ》を持ち、失われた本も、失われなかった本も、全てを網羅しているという。だからこそ、校正使は版重ねにおける審判役として崇《あが》められていた。

この国が成立して、まだ三百年も経《た》っていないはずだ。それなのに、聖なる校正使たちは千年も前からこの役割を務めている、ということになっていた。その彼が物語の正誤を判定するのだから、間違いがあるはずもないという理屈のようだ。

校正使は世代交代をしているはずなのに、国民たちはそれを無かったことにしてしまう。この国には紙の本が無く、あるのは『本』だけだ。過去のことなど参照されることもない。

　校正使は赤毛の本と十を交互に見て、高らかに宣言した。

「版重ね——題は『白往《しらゆ》き姫』」

『白往き姫』。それが赤毛の本がその身に宿したたった一つの物語の題であり、十がその身に孕《はら》んだ十の物語のうちの一つの題であった。旅人は固唾《かたず》を呑《の》んで見守る。

　本が互いに語った『白往き姫』の前提は以下の通りだ。

「地球の何処《どこ》かに、美しい女王の治める国があった。その国の女王は賢く、そして何より気位の高い女であった。彼女はあらゆるものを持っていたが、一際素晴らしいものは望むものを映し出す力を持った魔法の鏡である。夜には湖面に映る月を、昼には空を舞う美しい瑠璃鳥《るりちょう》を。鏡はどこにあるどんなものでも、現在のあるがままを映し出した。千里眼として機能するこの鏡で、女王は国を治めていたのである。気位の高い女王は毎夜の日課として、鏡に『この世で一番美しい者を映せ』と求めた。鏡は毎夜、女王自身の姿を映し出したが、ある日、女王ではなく義娘《ぎじょう》である白往き姫を映し出した。このことから、両者の間には深い確執が生まれたのである。そして、毒林檎《りんご》による殺人事件が発生した」

　前提を校正使が復誦《ふくしょう》すると、二冊の本は同時に「相違《あいちが》いありません」と唱和した。そして、赤毛の本は続けた。

「女王は憎き白往き姫を葬る為、毒林檎を作りました。そして姫の許《もと》にそれを届け、姫を殺したのです。これこそが『白往き姫』の物語です」

それに対し、十は悠然《ゆうぜん》と返した。

「いいえ。身の危険を感じた白往き姫は、毒林檎を用いて女王のことを殺し、平穏な生活を手に入れた。これこそが『白往き姫』の物語です」

客席がざわめき、読者たちが騒ぎ合う。これだけ分かりやすい相違点があれば、議論は苛烈《かれつ》になっていくだろう。あるいは、あっさりと決着がついてしまうか。いずれにせよ、あの十が赤毛の本と真っ向から対立する結末を語ったことは場を沸かせた。同じ物語を語っているのに、被害者と犯人が入れ替わっているなんてことがあっていいはずがない。

「面白いことを言いなさるのね。白往き姫が被害者であるなどと。聴いたことのない筋書きだのに」

「何とでも言いなさい。私は『白往き姫』。この物語を語る為に息をしている正しき本です。私の物語は正しい」

赤毛の本は臆することなく、十のことをしっかりと見据えていた。それに対し、十が先に動いた。

「……そうね、手始めに。鏡が映し出した姫は一体何をしていた？」

「……夜ですから、その美しい髪を梳《くしけず》っていたでしょう。鏡の前で」

「それははっきり見えたか？　櫛《くし》の柄、その色合いまで見えるほどに？」

「ええ、当然です。魔法の鏡はあるがままを映す。鏡に映し出された白往き姫については、この描写でよろしいか？」

「相違いありません」

　十が笑いながら答える。

「それでは私からも質問しましょう。白往き姫は深い森の中の小屋に七人の小人と暮らしていた。それは女王が疎《うと》ましがって城から追い出した為である。違いありませんか？」

「そういった問いは品が無く感じますが。問いを発し、答えを聞き、それを受けて擦り合わせるのが版重ねでしょうに。……相違いありません」

　十は幼子を諭すような口調で言った。赤毛の本が不服そうに顔を赤らめる。汗も滲《にじ》んできているので、籠の中が熱くなってきているのかもしれない。

　水掛け論にならぬよう、相手に適度に認めさせて物語を固めていくことが肝要なのだ。あまり相手の言葉を否定しているだけでも、校正使の印象は悪くなる。相手の物語を取り込みながら、自分の物語を盤石《ばんじやく》にしていくことこそが、版重ねの勝利への道なのだそうだ。

　その後も、十は様々なことを認めた。「白往き姫の住む小屋と、城との間は時間にして一時間もの距離がある」「どれだけ月が明るくとも、夜の森を抜けることは出来ない」「昼間は小人たちの世話をしているので、城に行くことは出来ない」など。

　……これら全ては、十の語る物語を否定するに足るものである。何故なら、白往き姫が毒林檎を女王に食べさせに行く隙《すき》が無い。せめて「夜の森を抜けることは出来ない」くらいは否定すべきだったろうに、十はそれを淡々と受け入れてしまった。

対する十が認めさせたことといえば、本筋に関係の無さそうなことばかりであった。「白往き姫の名は、彼女の肌が雪や流氷よりも白いことから付けられた」「小人たちは白往き姫におやすみのキスをされてから眠りにつくことが習慣になっており、キスをされて眠りにつけば、朝まで絶対に目を覚まさなかった」「白往き姫は倹約家であり、自分の鏡台を照らす為には蠟《ろう》燭《そく》を一本しか使わず薄暗い中で身だしなみを整えていた」など。

当然ながら、赤毛の本はその内容を認めた。白往き姫の詳細が詰められていくことは、むしろ赤毛の本にとって有利な流れであった。何しろ、彼女の物語の中では白往き姫は哀れな被害者なのだ。心が清く、美しければ美しいほどいい。

十が唯一反論したのは『毒林檎が女王にしか作れないものである』という点だけだった。つまりは凶器の問題である。赤毛の本は、この物語に出てくる唯一の凶器が、女王にしか作れないものであると主張しようとした。

「毒林檎は特別な魔力を持ったものであり、女王にしか作れなかった。これに相違いないか」

「いいえ。いいえ。それは否定致しましょう。毒林檎は何の魔力も関係しない、毒物を含ませただけの林檎。誰にでも作ることが出来た」

「何故これを否定するのか。色味や風味を損《そこ》なわず、他の林檎と全く違いが無いにも拘わらず、強い毒性を持つ林檎など、魔術の産物に違いない。女王が魔法の鏡を持っていたことから、彼女が魔術に精通していることは確実である」

「その前に。毒林檎は色味や風味の面では全く普通の林檎と区別が付かない。この点は相違いありませんか？」

「それは今の争点ではないでしょう」

「相違いありませんか？」

「……はい。相違いありません」

根負けした赤毛の本が頷くのを見て、十も満足げに頷いた。気づけば、十の鼻の頭にも汗の粒が浮き始めていた。

こうして互いに議論が進まなければどうなるのだろうと思っていたが、何のことはない。二冊とも焼け落ちていくだけなのだ。だから自分が焼け落ちる前に、リスクを背負ってでも議論を主導しないといけなくなっていく。

赤毛の本が乾いた唇を舐《な》めているが、舌を外気に晒《さら》せば後で辛《つら》くなるだろう。口の中の水分を無くすのは出来る限り避けた方がいいはずだ。

「そして、そう。毒林檎ですが、もし毒林檎が女王しか作れないものであれば、女王がそれを用いるはずがないじゃありませんか」

「何故ですか。女王が自分にしか作れない毒林檎を用いて白往き姫を殺すことのどこに不自然さがあるのです」

「ありますとも。ありますとも。では、そもそも女王が毒林檎を用いて白往き姫を殺すとして、その動機はどこにありましょう？　女王はそんなことなどせずとも、白往き姫を城に呼んで矢で射殺してしまえばよかったはずです」

「そんなことをすれば、女王が姫を殺したことがすぐに明らかになってしまうではありませんか」

当然だ、とでも言わんばかりの声で赤毛の本が反論する。微かに感情的になった赤毛の本を見て、十は更に笑みを深めた。

「そうなのです。女王は白往き姫を殺したことを知られたくはなかった。いやしくも義理の母親であるからか、あるいはいくら女王といえども身内の殺人は罪となったのか、単に白往き姫が民から好かれていたのかもしれない。いずれにせよ、女王は内密に姫を殺さなければならなかった。毒林檎が女王にしか作れないものであれば、犯人がすぐに明らかになってしまうでしょう。即ち、毒林檎はそこから足が付くことが無い程度には普遍的な凶器であった。林檎と野生の毒があれば誰でも精製出来るほどに」

十は熱を物ともしない様子で、滔々《とうとう》とそう語った。焼き潰された目の奥に、赤毛の本を食らおうとする蛇の光が宿っているようにすら感じた。それに対し、赤毛の本が身を捩《よじ》りながら言う。

「あなたは白往き姫の方が女王を殺したと思っているのでしょう。何故、女王が殺したという前提で毒林檎について論じるのです」

「それが真実に近づくと信じているからでございます。私は本物の『白往き姫』を後世に伝えたいのです。私が闘っているのはあなたではなく、誤植。毒林檎は普遍的な凶器であった。相違いないか」

「…………相違いない。女王は凶器から自分の正体が明らかになるような手立ては取らなかった」

ややあって、躊躇《ためら》いがちに赤毛の本が言った。

正直な話、この部分は譲ってはいけないところだったのではないか、と思った。凶器の毒林檎が女王にしか作ることの出来ないものであったなら、しばらくはそれで闘うことが出来ただろう。

なのに、十の口八丁で赤毛の本はすっかり言いくるめられてしまった。あたかも女王犯人説を擁護《ようご》するかのような口振りで、毒林檎という大きな要素を白往き姫も用いることの出来る凶器として設定したのだ。これは赤毛の本の大きな失態だと思われた。

当の赤毛の本は自分の失態に気がついていないらしく、目の辺りを頻《しき》りに擦《こす》っている。目が乾いて仕方がないのだろう。赤毛の娘は焼き潰された足の所為《せい》で炎に幾分近い。このまま版重ねが続けば、乾きで目が潰れてしまうかもしれない。

その時、十の語った話を思い出した。

十のあの目は、複数の物語を刻んだからだと言っていた。その罰で両目ともに潰されたのだと。

しかし、そうではないのではないか。十は版重ねをくぐり抜けるにつれ、その目が鉄の籠の中でいかに弱いかに気がついたのではないだろうか。だから、焼き潰した。勝つ為に。

真相は分からない。しかし、鉄の籠の中に平然と立ち、目蓋の火傷を輝かせている十を見るとそうとしか思えないのだった。

そこからは、また擦り合わせが始まった。相変わらず、赤毛の本は女王がどれだけ邪悪で、白往き姫を殺す動機があったかを重ねて訴え、「小人たちは心優しい白往き姫を慕っていたので、彼女の殺人を容認することはないだろう」と、別角度から白往き姫の罪を否定した。

対する十は「林檎はこの国の名産であり、どの家でも朝食で食べる習慣があった」だの「この国の林檎はどんな天候にも負けず強く育つ為、繁栄のシンボルとして国旗にも描かれている」だのと意図のよく分からないことばかりを尋ね、それを認めさせた。

国旗に林檎が描かれているかどうかなどは大した問題ではないと思ったのだろう。赤毛の本はそれらに少しも疑問を抱いていないようであった。旅人も旅人で、それが重要なこととは思わなかった。単に間を保《も》たせる為に発した問いだろうと判断した。

果たしてあの十が勝利に繋がらない言葉を発するだろうか、という疑問はあったとしても、だ。

校正使はそれら全てを書き取り、ぎょろりとした目で炙られる本たちを眺めていた。

こうして議論は平行線で進んでいくかと思われたが、先に赤毛の本の方が動いた。赤毛の本は三つ編みを揺らし、動かない足を引きずりながら一歩進み出た。籠が揺れ、火の粉が舞う。籠の中が熱くなってきているのか、赤毛の本の額は玉のような汗で覆い尽くされていた。今涙を流しても、きっと分からないだろう。

「さきほどからのお話に鑑《かんが》みると、やはり私の語る物語の方が正しいように思います」

「それはそれは。どうしてそう思いなさるのですか？」

「白往き姫には毒林檎を女王に食べさせる手立てがありません」

赤毛の本ははっきりとそう宣言をした。

「私はそうは思いませんわ。この国の女性は朝食に林檎を食べる習慣があります。白往き姫が女王に毒林檎を食べさせることは難しくなかったでしょう」

「それでは、あなたの物語が正しかった場合、白往き姫は朝食の前を狙って、陽《ひ》の出る前に毒林檎を紛れ込ませたということに相違いありませんか」

「相違いありません」

十がそう答えた瞬間、赤毛の本の明《あ》いた目が火の粉を孕んで輝いた。

「相違いないのですね。しかし、白往き姫は夜に城へ向かおうとも、夜目が利かず、暗い森をまともに歩くことが出来なかった。太陽が出ていない間、姫が城に辿《たど》り着くことは不可能であったのです」

赤毛の本が十の目を揶揄《やゆ》して、わざわざ持って回った表現をしたことは想像に難くなかった。さっきまで殊勝な顔をしていた赤毛の本の目が残酷さを孕んだ火で燃えていた。このまま畳みかければ、目の前の本を焼けると期待したのだろう。十が口を挟む前に、赤毛の本は更に続けた。

「前日の昼に城に参り、毒林檎を紛れ込ませたというのも不可能でしょう。何故なら昼間なら小人たちが起きていますし、小人たちは心の優しい白往き姫を愛しています。彼らの世話をしなければいけませんし、小人は心の優しい白往き姫を愛しています。彼女の殺人を容認しようとはしません。なので、白往き姫が毒林檎を持って城に行こうとすれば、必ず止めたに相違いありません」

「そうでしょうか？　起きている限り小人は必ず白往き姫の犯行を止めると？」

「ええ、その目が開いてさえいれば、小人は必ずや気づきました。相違いないでしょう？」

「相違いありませんわ」

十は落ち着き払った声でそう言った。その時、微かに風が吹き、十の入った籠が揺れた。しかし、十は熱くなった格子に触れることなく、バランスを保ったまましっかりと立ち続けていた。靡《なび》く黒髪だけが、籠と同じリズムで揺れている。

「それでは、女王の方が毒林檎を持ち込んだことは疑いないでしょう。女王は昼であろうと自由に動くことが出来たのですから。白往き姫の様子を見に来たと言って小屋を訪れ、朝食用の林檎に毒林檎を紛れ込ませればいいのですから」

「それでも、女王がどうして毒林檎を用いたのかは疑問が残りますわね。そうして女王が誰にも見られずに小屋に向かえるのであれば、女王はそのまま小屋ごと白往き姫のことを焼いてしまえばいいのではないかしら」

眼下に猛る炎を感じながら、十は皮肉げに言った。しかし、白往き姫という物語で毒林檎が凶器であったこと自体は動かせない。

「……どうして女王が毒林檎を用いたかは分かりません。国のシンボルが林檎であったというならば、邪魔者を排する為の最も高貴な方法が毒の林檎を用いることだったのではないでしょうか」

「逆ならば、ごく自然だと思いません？　女王は堅牢な城の中に住んでいます。その身を焼くことは出来ない。……だから、毒林檎という迂遠《うえん》な方法を使って殺害するしかなかった。白往き姫には選択肢が無かった。……毒林檎というのは、白往き姫が女王を殺す為の唯一の手立てであったのです」

そう言われると、そんな気がしてしまうのが不思議だった。

女王が本当に魔術に長《た》けているのなら、その魔術で毒林檎を作るよりも、白往き姫を直接呪い殺した方が理屈が通るだろう。あるいは、女王ならば信頼の置ける暗殺者の一人でも雇って内々に白往き姫を始末することも出来たのではないか。女王には選択肢が沢山あるのである。しかし、ここまでの流れで赤毛の本に誤植があるとは思えなかった。旅人の気持ちに呼応するかのように、赤毛の本が言う。

「毒林檎という凶器について語る時間は終わりました。ここで大切なことは、陽の出ていない内は森を通れず、陽の出ている内は小人を欺《あざむ》けない白往き姫が毒林檎を仕込みに行くことは出来ないということなのです」

「それでは、太陽が出ている夜ならば姫が城に向かうことは可能だった、毒林檎を仕込むことも可能だったと？」

「何を馬鹿なことを！　あなたは陽が出る夜があるというのか？　目が焼き潰れているから、夜が暗いことすら忘れたか！」

赤毛の本が叫んだ。その拍子に、赤毛の本の手が格子に触れ、指先を微かに焼いた。しかし、興奮に血を滾《たぎ》らせた赤毛の本は最早《もはや》痛みを感じていないようだった。ここで校正使を納得させられれば、あの十を焼くことが出来るのだ。彼女は必死だった。

対して、十は静かに返した。

「白往き姫の肌の白さは雪よりも、流氷よりも白く、異名として白雪《しらゆき》とも呼ばれた。このことから、女王の治める国は雪の目立つ国であったことが分かります」

「それがどうだというのでしょう？」

○3○

「それで、全てが説明出来るのです」

十は、そこで初めて乾いた唇を舌で舐めた。十の舌は人間のものとは思えないほど長く、端整な顔立ちには似合わないグロテスクさを湛《たた》えていた。

「白往き姫は夜目が利かず、太陽の出ていないうちに城に向かうことは出来ない。太陽の出ているうちは小人に見張られている。毒林檎を紛れ込ませることが出来るのは朝食前のみである。陽が昇ってから朝食の時間までに急いで城に向かうのは時間的に不可能である。しかし、姫はそれを為し得たのです。何故なら、女王の治めるその国は高緯度に存在した為、白夜と呼ばれる現象が起きておりましたので。その国では白夜の間は夜でも太陽が沈みません。白往き姫は小人たちにおやすみのキスをした後、明るい夜のうちに城へと参ったのです」

それを聞いた赤毛の本の表情を、どう形容すればいいだろうか。赤毛の本は、まるで空が崩れて落ちてきたかのような顔をしていた。

「白夜？　陽の出ている夜？　そんなものを、そんなでたらめを認めていいはずがない」

「いいえ、いいえ。叡智に繋がる校正使様なら私の言っていることが真実であると分かるでしょう。白夜というものが存在するのです。氷で凍《い》てつく国に起こる天の奇跡です」

赤毛の本は白夜という現象が理解出来ないのか、目を白黒させている。一方の旅人はその現象に心当たりがあった。辺りが雪に覆われた白銀の国で、陽の落ちない不思議な夜に行き当たったことがある。そのことを、この国から出たこともなさそうな盲目の十が口にしたことが不思議でならなかった。

「それに、あなたもまた白夜の存在を肯定しているのです。女王が鏡を通して見た白往き姫の姿はどんなものでしたか？」

「それは――……髪を梳っているところ、」

「そう！　あなたはそれをはっきり見えたと言いましたのよ。白往き姫は鏡台に蠟燭を一本しか置かない。あるがままを映す鏡では、白往き姫の姿は薄暗くしか見えなかったはずなのです。なのにその姿が櫛の柄、その色合いすら見えるほどはっきりしていたということは、夜が明るかったからに相違ありません」

「そんなことは、……そうだ！　そんな氷に閉ざされた国で、林檎が育つはずがありません」

「この国のシンボルの話を覚えておいででしょうか？」

　十が嬲《なぶ》るように返す。

――この国の林檎は、どんな天候であろうと実をつける林檎なのだ。だからこそ、林檎は繁栄のシンボルとして国旗にまで描かれたのだ。たとえ氷に覆われた場所であろうと、林檎は実をつける。それは既に前提になってしまっていた。

「小人たちのことは心配ありませんよ。白往き姫が城に向かったのは夜なのですから。おやすみのキスをされれば朝まで起きることはありません」

　ここで、赤毛の本がすぐさま反論出来れば良かったのだろう。版重ねとは口八丁の戦場だ。

白往き姫の舞台が白夜の起こる国であるはずがない。雪に閉ざされた場所であるはずがない。白往き姫が人殺しであるはずがない、と。

しかし、赤毛の本は黙り込んでしまった。黙り込んで唇を震わせ、対戦相手の十ではなく、自分を殺すかもしれない炎に視線を向けてしまった。その瞬間、赤毛の本に向ける校正使の視線が、一段冷たいものに変わる。そのことに気がついたのか、赤毛の本は蒼白な顔で慌てて言った。

「……そんな、白往き姫がそんなことをするはずがない……」

「ならば、あなたは何故この物語が『白往き姫』という題なのかを考えたことがありますの？あなたの物語で、姫は単なる被害者でしかない。その名を題にするには相応しくない。白雪とも呼ばれたこの姫がどうして『白雪姫』の方ではなく『白往き姫』という名を残したか、まだおわかりになりませんの？」

十は籠を大きく揺らした。彼女の黒いドレスに火の粉が散り、布の上で爆《は》ぜて消えていく。

「『白往き姫』の白とは白夜のこと。白夜を往く姫が物語の主題だからこそ、この物語は『白往き姫』と呼ばれましょう」

その言葉で、校正使の心が決まったようだった。読者の方も、十に向かって歓声を上げていた。物語の正しさが、読者によって認められた瞬間だった。

赤毛の本が言葉を絞り出そうと喉に爪を立てる。けれど、赤毛の本が言葉を見つけるより先に、籠を下げていた鎖がゆっくりと緩み始めた。これから赤毛の本の籠は、炎の中に投げ込まれる。

落ちていく刹那《せつな》、赤毛の本が縋《すが》るように旅人を見た。その瞬間、赤毛の本は赤毛の少女となった。炎に包まれた籠の中で、彼女の手が旅人の方に伸ばされる。だが、白い掌は焼けた鉄格子に阻《はば》まれ、じゅうと嫌な音を立てた。

「あああぁぁああああああ！！！」

慌てて引き剝がした手には、くっきりと赤黒い火傷の痕が残っていた。自分の手に刻まれた痛みの証《あかし》を見て、赤毛の少女の目に涙が浮かぶ。しかし、その涙は熱風ですぐに乾かされていった。火が更に強まり、鉄籠は黒から赤に変わっていく。

「あああっ、熱い！　熱い！」

動かない足を引きずりながら、少女が必死に跳ねる。その度に籠が大きく揺れ、周囲に火の粉を撒き散らした。揺れる籠の中で転げる少女の皮膚が、少しずつ鉄格子に犯されていく。

赤い格子に触れる度に、少女の白い肌に格子状の跡が付いた。じっとしていれば格子に焼かれることはないが、痛みに悶《もだ》えることでどうしても籠が揺れてしまう。悲鳴の間に差し挟まれる、出して、の声が悲痛でたまらなかった。

少女の絶叫がどんどん甲高《かんだか》いものになっていく。一番澄んだ絶叫が上げられたのは、赤毛の三つ編みに火が移った時だ。炎が三つ編みを伝って上ってくるので、少女は必死でそれを引きちぎろうとした。しかし、赤毛に寄生した炎は勢いを削《そ》ぐことなく、手まで飲み込んで燃えさかっていく。

最終的に、少女は諦めたように籠に伏せ、炎に向かって額《ぬか》ずきながら悲鳴だけを上げていた。籠からぼたぼたと赤いものが垂れていく。それを受け、炎は余計に燃えさかっていくようだった。

炎は少女を包み込み、黒い塊へと変えていく。それは確かに、本を焼いた時と変わらぬ様に見えた。少女が絶命してもなお、このまま火は焚かれ続ける。彼女が骨になるまで、籠は赤く輝き続ける。

旅人はしばらくそれを眺めていたが、やがて立ち上がった。

本の骨が見えるまでは、まだしばらくかかりそうだった。


「きっと来て頂けると思っておりました」

旅人が戸口に立った瞬間、中から十の声がした。

十は版重ねの前と同じく寝台に身体を預け、悠然と旅人を待っていた。

「足音だけで分かりましたの。あなたの音は特別だから……」

「どうして俺が来ることが分かった」

実のところ、旅人自身も何故ここにやって来たのか分かっていないというのに。しかし十は

「本ですもの」と答えにもなっていない答えを告げた。

そして、そのまま、潤った唇で言う。

「あなた、へんしゅうしゃなのね」

十が幼子のような口調で言う。へんしゅうしゃ。——偏執者。本相手に人間のように執着する、この国特有の蔑称だった。

「へん、しゅうしゃ」

「肺の無い本がある国から来たんでしょう。分かりますのよ、私」

肺の無い本、というのは、紙で出来た書籍を指す言葉だった。旅人が知っている、普通の本のことだった。

「そして、私の闘った相手と通じていたのでしょう。あなた、本当の白往き姫を知っているのでしょう。あの子に会って、正解を語ってあげたのでしょう。だから、あなたはまさかあの子が負けるなんて思わなかったのね」

十の言う通りだった。

旅人は、本が当たり前のようにある国で生まれた。先の大戦に揉《も》まれながらも、肺の無い本、紙の本が脈々と継がれた国からやって来た。

そして、赤毛の本が人間であった頃を知っている。

赤毛の本は、元はここではない国に居た少女だ。タイトルではなく、名前を持っていた。

旅人は、彼女の生みの親と親しかった。道中で出会った赤毛の一家と呼んで色々と世話になった。その時に、幼い頃の赤毛の本と言葉すら交わし合った。

しばらくして、旅人が再び赤毛の一家の許を訪れた時には、そこは空き家になっていた。先の大戦で、両親は既に死んでいた。生き残った娘が紆余《うよ》曲折あってこの国に売られたことを人伝《ひとづて》に聞いた。

会いに行かなければならない、と旅人は思った。

売られていった国の異常さがそれを決意させたのか、あるいは赤毛の一家への感謝と愛着がそうさせたのかは分からない。旅人は赤毛の少女を捜すことに決めた。

しかし、旅人がこの国への入国を認められるまでには、長い年月がかかった。色々なものも失った。そうして入った国で、赤毛の少女は本になっていた。『白往き姫』という物語を胸に抱き、足すら潰して本に徹していたが、彼女の待遇はあまり良いものとは言えなかった。

「私は、販重ねに挑んだことがありません。挑まれたこともありません。ここで目立たず塵《ちり》を吸って生きているからです」

赤毛の本は販重ねが恐ろしく、表に出ることなくひっそりと生きていた。本の多くは販重ねを通して自らを読者に売り込むものだ。販重ねから逃げ回っている赤毛の本を読もうという人間はそうそうおらず、彼女の生活は貧していた。

赤毛の本を救いたかったが、彼女の足は焼き潰されていた。この状態の彼女を国から出そうとすれば、諸共《もろとも》焼き殺されるだろう。

ならば、と思い、持っている金を全て渡そうともした。しかし、赤毛の本はこれからも生きていかなければならないのだ。この程度の金では、彼女の人生は到底賄《まかな》えるものではなかった。

そこで、旅人は最後の手段を選んだ。

「販重ねに挑むんだ。俺は正しい『白往き姫』を知っている」

奇《く》しくも『白往き姫』は男の知っている物語だった。紙の本で読んだこともある。その時は『しらゆきひめ』というタイトルであった。旅人は赤毛の本に正しい物語を教えた。女王、鏡、毒林檎、殺される姫。

「これが『白往き姫』の本当の物語なのですね。私は今、最も正しい物語を宿した本なのですね」

「ああ、そうだ。……これが本当の『白往き姫』だ。販重ねが物語の正しさを競うものならば、君が負けることはない。販重ねに挑むんだ。そして、同じく『白往き姫』の物語を語る本を焼けばいい。君一人がその物語を語るようになれば、読者は君を捨て置かない」

本になってしまった彼女に出来ることといえば、そのくらいだった。本に対する愛としては最上のものだったと言っていいだろう。

そして、赤毛の本は闘いに出た。自分が『白往き姫』を語るに相応しい本だと証明する為に。

相手が十でなかったら、赤毛の本が勝っていたはずだった。何故なら、赤毛の本が語った物語は正しいのだ。毒林檎を食べさせたのは女王の方だった。あそこが白夜の起こる土地だなんてあるはずがない。あんなものはこじつけだ。

それなのに、校正使は十を選んだ。赤毛の本が言葉を紡げなくなったからだ。十の言葉に呑まれたからだ。

「お前も校正使も、この国の外を知っているな。それなのに、こんな馬鹿げたことを、こんな残酷なことを、」

「旅人様が何を仰《おっしゃ》っているのか分かりません。校正使様は叡智に繋がる術を持っておられるし、私は正しい『白往き姫』を孕んでいるだけのこと」

「分かるだろう。こんな、意図的に時を止めたような国で、何故こんな……」

「この国がそれでも成り立っているのは、本を焼く愉悦を知った人間が戻れないからなのですよ。この国は存在しないのです。あなたの地図には影すら見当たらないことでしょう」

十はすっかり全てを見透かした顔で、そう言った。この国に入る為に、旅人は色々なものを失った。これから先、まともな人生は送れないだろう。この国に入るということは、そういうことなのだ。

「二度とこの国に近づいてはいけません。語ることも赦《ゆる》されない。急いでお逃げなさいませ。私はあなたを見逃すと決めましてよ」

「どうして、こんな、」

「楽しいからでしょう。本を焼いた人間は想像したのでしょう。これが人間であればいかほどの愉悦かと、想像してしまったのでしょう。人を焼くのも本を焼くのも愉しい、なら、人の形をした本を焼いたらいかほどかと――」

十が言い終えるより早く、旅人は立ち上がった。早く逃げなければならなかった。肺のある本である十は、目の前で赤毛の少女が焼かれているのを見て悦《よろこ》んでいた。それどころか口をめいっぱい開けて、灰と煙を存分に吸い込もうとしていた。

「私、肺の無い本に触れたことがありますの」

十の棚を出る瞬間、彼女は静かに言った。

「軽く、薄く、芳《かぐわ》しい匂いが致しました。そこには文字がそれはもう所狭しと並んでいたのです。一文字一文字が意味を持ち、ここにいない者の物語を伝える。あれを私は奇跡だと思いました。ええ、奇跡ですとも。どうして失われるのが耐え難いあの奇跡が、あれほどか弱いものに刻まれているのでしょう。骨すら無い、あんなものに。あれを見てから私は――私には、焼く為に本が作られたように感じられてならないのです」

死して屍《しかばね》知る者無し

十二歳になった私は、自分がいつか入ることになる檻《おり》を仕立てに行った。人間はいずれ誰しもが、転化《てんげ》を迎えることになる。だから、この頃から自分の入る檻を仕立てるのだ。

私は兎《うさぎ》に転化する予定だったので、小さめの檻を選んだ。実際に見ると、いつかこれに入るのか、と嫌な気持ちになったけれど、それでも私は兎になりたかった。蜘蛛《くも》とかトカゲになるのは最悪だ。ふわふわして可愛いものになって、いっぱい撫《な》でられて暮らしたい。そうして可愛がってもらえるのなら、ちょっとくらい窮屈な檻だっていい。

もしかしたら、兎だったら掌《てのひら》の上やテーブルの上にちょこんと乗せてもらえるかもしれない。放し飼いの身にしてもらえたら、きっと次生も楽しく暮らせるだろう。その時に私の周りにいるのが誰かは分からないけど。

檻を仕立てるといっても、転化する動物が決まっている時は、サイズの自由は殆《ほとん》ど無い。あとは色を決めるくらいだけど、檻をピンク色に塗ろうという私の提案は却下されてしまった。

「今はピンクがいいと思うかもしれないけど、転化するのはずっと大きくなってからなのよ。その時に、ああ、ピンクなんかにしなきゃよかったって思うんだからね」

「だって、隣のヤヤコちゃんは毎年檻を替えるって言ってたよ。ピンクが子供っぽいって言うなら、十三歳になった時に檻を仕立て直せばいいんじゃない？」

「ウチは毎年仕立て直したりなんかしないから。くいなが十五歳になるまでは――いや、二十歳になるまではこの檻で我慢してもらうから」

「ええーっ、そんなことある？　錆び付いちゃうよ」

　私が懸命に訴えかけても、お母さんは全く心動かされなかった。結局、私の檻はつまらない銀の檻になった。扉の掛け金のところにだけ、申し訳程度の赤が入っている。

「もう少し大きくなったら、この良さが分かるようになるから。そうしたらお母さんに感謝することになるよ」

「こんな地味な檻、やだなあ」

「じゃあそもそも兎なんか選ばなきゃよかったのに。お母さんは馬になるのよ。そうしたら、檻じゃなくて厩《うまや》に入れるわ」

「やだ。兎がいい。馬のごはん美味《おい》しくなさそうなんだもん」

　私はふいと顔を逸《そ》らし、わざとらしく頰を膨らませた。お母さんはそんな私の頰をつつくと「お家に帰りましょう」と笑った。

「今日は赤飯を炊いたからね。人間じゃないと食べられないんだから。それに、くいなの為にニンジンスティックも用意してるんだから」

「ニンジンは……転化してからでいいのに……」

「兎になるんでしょ？　今のうちに好きになっておいたら」

「兎になったら自動的にニンジンが好きになるって聞いたもん！」

だってそんなことを言ったら、お母さんだって今から牧草を食べなくちゃいけないはずだ。どんな人間でも、いつかは転化する。でも、その時は今じゃない。今はニンジンなんか食べなくてもいいはずなのだ。


　晩御飯には本当にニンジンスティックが出て、げんなりしてしまった。お祝いだと言って炊かれた赤飯と、私の大好きな豆腐ハンバーグはともかくとしてニンジンは困る。でも、私の住んでいるところでは食べ物を無駄にすることは厳禁なので、鼻を摘《つ》まんで食べるしかなかった。

　お母さんと私が食卓に着くと、お父さんがおじいちゃんを連れてきた。おじいちゃんは外で暮らしているが、食事の時はこうしてダイニングまでやって来る。そして、テーブルの横の床に置かれたご飯皿から、むしゃむしゃと牧草や野菜屑を食べるのだ。

「今日はお祝いだから、おじいちゃんにもあずきを食べてもらってるの」

　お母さんが嬉しそうに言う。確かに、おじいちゃんの皿には葉っぱや牧草、野菜屑と一緒にあずきの粒が入っていた。全体的に緑っぽい中にあずきの赤黒い粒が入っているのは、なんだかちょっと気味が悪かった。いただきます、と言うより先に、おじいちゃんが皿に顔を突っ込む。あまりの勢いに、皿が大きく動いた。

「じいちゃん、美味《うま》いか？」

お父さんも優しげな瞳で尋ねた。でも、おじいちゃんはそれに答えようともせず、一心不乱にご飯を食べていた。あずきのことなんか気づいているかも分からなかった。それなのに、お母さんが「喜んでるみたい」と言うのも何だかおかしい。おじいちゃんはご飯の時はいつもこんな感じだ。

そんなことを考えながら、ご飯を食べるおじいちゃんを見ていると、不意におじいちゃんがこっちを向いた。歯を擦《こす》り合わせながらぐちゃぐちゃと牧草を食《は》むところはあんまり見たくない。口の端からぼたぼたと涎《よだれ》が垂れている。この表情を見る度に、私はおじいちゃんのことが少しだけ嫌いになってしまう。

そんな私の内心を見透かしたのか、おじいちゃんは歯茎《はぐき》を剝《む》き出しにしながら唸《うな》った。私の服におじいちゃんの涎が飛んだ。

おじいちゃんは山羊《やぎ》だ。それも、黒と白のまだら模様の山羊である。黄色い目の周りが黒く縁取られている様は、なんだか牛みたいだな、と思う。角は短く切られていて殆ど見えない。

転化してしまったことについては文句を言わない。人間はいつか絶対に転化するものだし、咳が止まらない病気に罹《かか》った時は、早くおじいちゃんが転化して楽になったらいいと思った。病気の身体《からだ》をさっさと脱いで、健康な身体に乗り換えればいいいと。

でも、よりによって山羊になるなんて思わなかった。

どうしておじいちゃんが山羊なんかを選んだのか分からない。目は濁っていて怖いし、食事の仕方もなんだか気味が悪い。中途半端な大きさだから、小屋にずっと収まっていることもなくふらふら出歩く。仕事も出来ない。おまけによくげっぷをする。

先に転化したおばあちゃんは雌牛になって、今は牛舎に出稼ぎに行ってくれている。牛のおばあちゃんは優しいし、撫でると嬉しそうに鳴いてくれる。人間だった頃の優しいおばあちゃんと変わらない。転化が上手くいった例だと思う。

それに対し、山羊に転化したおじいちゃんの方は、転化前の優しさをすっかり失って、私に唾を吐きかけるような動物になってしまった。山羊なんかになったから、きっと不遜な生き方に中身が引きずられるようになってしまったのだろう。

師《し》は「どんな動物でも平等である」と言うけれど、私はそうは思えない。いい動物と悪い動物は確実に存在していて、山羊は悪い動物だ。おじいちゃんが山羊になるまでそのことに気づけなかったから、おじいちゃんも多分知らなかったのだろう。

私は急いでご飯を食べ始めた。おじいちゃんの涎が飛んだワンピースを着続けているのが嫌だったからだ。折角《せっかく》炊いてもらった赤飯も、おじいちゃんが半分目を閉じながらあずきを咀《そ》嚼《しゃく》しているのを見たらあまり美味しく感じなくなってしまった。

山羊のおじいちゃんが食卓に着いていていいことがあるとしたら、こっそりご飯皿にニンジンスティックを放り込めることだけだ。私がニンジンスティックを放り込んだことは、誰にもバレなかった。いざ自分達の食事が始まると、お父さんもお母さんもおじいちゃんの方には目を向けないからだ。

おじいちゃんが低く鳴いた。美味しいと言っているのか、不満を訴えているのか、それすら分からなかった。

私達のコミューンには、動物が沢山と、人間が沢山と、師が一人いて、みんなで穏やかに暮らしている。動物は殆どが元・人間の転化者だ。私達は転化前も転化後も仲が良く、このコミューンの中で助け合って暮らしている。

大人も子供も動物も、みんなそれぞれの仕事をしなければいけないので大変だけど、私はこのコミューンが嫌いじゃなかった。農作業をしなければ、自分も、そして転化を済ませた家族も飢えてしまう。だから、私も朝早くに起きて収穫を手伝ったりするのだ。

私達の間で仕事の差は殆どない。誰もが師の言う『生きる為の労働』をして暮らしている。例外があるとすれば、この師だけだ。師は特別な仕事で、私達を見守ったり、病気を治したり、あるいは転化の手助けをすることもある。師は絶対に替えの利かない人だ。

師はこのコミューンを立ち上げた存在で、老人の姿をしているけれど、決して転化しないのだそうだ。そのことも、師を特別な存在にしている。

人間は必ず転化する。歳を取って身体の自由が利かなくなり、意識が無くなって転化する。もしくは、酷《ひど》い病気に罹って高い熱を出して、のたうち回りながら転化する。転化はみんなに起こることだ、と師は言っていた。だから、恐れてはいけないよ、と。

転化した人間は、人間の身体を捨てて別の動物に生まれ変わって、新しい生活を始める。それが、人間に生まれた者の決まりだ。

どんな人間でも何が起こるか分からない。まだ私は十二歳で若いけれど、この歳でも転化することがある。だから、この歳から自分の檻を仕立て、いつか来る転化の日を待つのだ。

転化の時には、好きな動物になれる。私が兎になりたいということは、師はちゃんと知っているのだ。そうして先に伝えておくと、師は私達が望みの動物になれるよう手助けをしてくれる。

転化後は兎になりたい、と言った時、師は真面目な顔で頷《うなず》いた。

「兎か。素敵だね、くいな。名前の通りの水鶏《くいな》じゃなくていいのかい？」

「いいえ、兎がいいです。名前なんか関係無いです」

私は鳥があまり好きじゃないので、自分の名前も好きじゃなかった。水鶏に生まれ変わるのなんて絶対に嫌だった。どうして私にこんな変な名前を付けたの？　とお母さんに尋ねると、お母さんは悪びれることもなく言った。

「人はいつかみんな動物に転化するから、生まれた時から動物の名前を付けておくと、神様が

○ 5 ○

転化済みだと思って、長く人間の姿を持たせてくれるのよ」

思えば、私と同い年くらいの女の子達も、みんな動物の名前が付いている。いるか、つばめ、それにうさぎ、なんて名前の子もいる。

「転化はいいことなんでしょ？　なんで先延ばしにしようとするの？」

「転化がいいことだからよ。おじいちゃんも隣の家のタチバナさんも、幸せそうに世話してもらって暮らしてるでしょ？　くいなにはまだまだ働いてもらわないといけないんだから、そういう贅沢な暮らしは早いってことよ」

確かに、おじいちゃんはずっと寝て食べてを繰り返しているばかりだ。仕事を割り振られるわけでもないし、礼拝に出る必要も無い。気ままなあの生活を、おじいちゃんは心底気に入っているのだろう。

「だったら、うさぎって名前にしてくれればよかったのに」

「くいなが兎になりたいって知らなかったんだもの。ごめんね」

全然真剣じゃないような声で、お母さんが謝る。それを聞いて、私は更に不満な気持ちになった。

だから、師が「素敵だね」と言ってくれた時、私はとても嬉しかったのだ。

檻を仕立ててすぐ、近くに住んでいるミカギという男の子とこっそり会うことになった。ミカギは私と同じ十二歳だ。もう転化する動物を決めて、檻か、それに類するものを仕立てていい歳だった。

ミカギがこっそり会いたいと言うから、きっと大事な話をされるのだろうな、と思った。陽《ひ》に焼けた肌に、大きな目が印象的な彼と二人でいると、いつでも凄《すご》くドキドキした。

私達は、夜にこっそり家を抜け出すと、羊小屋を抜けた先の川の近くに座り込んだ。ミカギはその間一言も喋《しゃべ》らなくて、なおのこと心臓が鳴った。ややあって、ミカギが意を決したように口を開く。

「お前、転化後は何になるつもりなの？」

「あ……」

やっぱりきた、と私は思った。ミカギはそういう話をしに来てくれたのだ。

基本的に、転化後の動物については師を除けば家族にしか教えない。実際に転化するまでは、みんな秘密にする。教え合うのは、将来家族になるような相手だけだ。それなのにミカギがそんなことを尋ねてくるのは、ただの無神経じゃなければ、とても重要なことだった。ミカギの真意が分からないまま彼の方を見つめるが、からかっているようには見えなかった。私はドキドキしながら、彼の質問に答えた。

「私は……兎になる」

「兎⁉　何で兎だよ！　全然役に立たないじゃん！　女ってほんとそういうのになりたがるよ

な！」

「いいじゃん……だって兎可愛いもん。美人だって言われてる人はみんな兎になるって言うでしょ。兎はいいんだよ」

　こうして言ってみると、まるで自分が兎になるのに相応《ふさわ》しいくらい可愛いと思ってるみたいで、ちょっと恥ずかしくなってしまった。

「兎のこと馬鹿にするなら赦《ゆる》さない、転化した後の私を撫でさせてあげないから。噛《か》みついてやる」

「……くいなが兎になりたいとは思ってなかったから、意外で。馬鹿にして悪かったよ。可愛いと思う、兎。くいなに似合うよ」

　しどろもどろにミカギが言うので、私は何とも言えない気分になった。転化後の姿が似合う、と言われるのは気恥ずかしい。

　私は普通の見た目をした、特に可愛くもない女の子だけど、そんな私でも、いつかは理想の姿になれるのだ。でもそれは、今の私を褒《ほ》められているわけじゃないわけで……ぐるぐると考え込んでしまう。今すぐに兎になって、ミカギに撫でられてみたいな、と思った。でも、そうしたらミカギとは言葉を交わすことが出来ないので難しい。

「ミカギは？　ミカギは何になりたいの？」

「俺は……一応、驢馬《ろば》になろうと思ってる」

「驢馬？　ええ、似合わないわけじゃないけど……なんで？」

「驢馬は働き者だし、農作業の役に立つだろ。小回りが利くから色んなことが出来る。んで、そんなに食べない。いいとこ尽くめだ」

ミカギの言う驢馬のいいところは確かに分かる。コミューンにも驢馬は何頭もいるし、彼らはみんな働き者だ。たまに気まぐれでどこかに駆けて行ってしまう驢馬もいるけれど。兎と驢馬のサイズ差や、住むところの違いを思って寂しい気持ちになる。

それに、山羊になったおじいちゃんだって、人間の頃は山羊としていっぱい働くと言ってたけれど、実際は食べて寝てばかりだ。

驢馬になったミカギが、嬉しくて暴れん坊になるところを想像すると、嫌な気持ちになった。その点、兎になった知り合いはどれも転化前の性格と同じだから、私は兎がいいのだ。

私が憮然としているのを見てか、ミカギはぽつりと続きを話し始めた。

「俺の兄貴、もう転化してるだろ」

「ああ……そうだね。三年くらい前に、熱病に罹ったんだっけ」

ミカギのお兄さんとは、彼が人間だった時はよく話した。色々なことを知っていて、頼りになるお兄さんだった。彼が熱病に罹った時は、きっとこの人は、人間として一生分働き切ったのだろうと思った。

「俺の兄貴は、豚に転化した。残飯をすっかり食べて太って、時期が来たらまた新しい豚に転化する。そうして俺達に血肉を与えてくれる。そういう仕事をしてる」

「うん。私もミカギの家から、豚の肉を分けてもらったことがある。凄く美味しかった。滅多に食べれないし、お兄さんには感謝してるよ」

「兄貴が転化するのはこれで四度目なんだけど……最近の兄貴、どう見ても疲れてきてるんだよ。残飯を沢山食べて太り続けるの、しんどいんじゃないかって思って」

ミカギは辛《つら》そうな顔をした。ミカギのお兄さんは働き者だった。きっとそれは、豚になっても同じに違いない。お兄さんは私達に肉を与える為に必死で食べてくれている。でも、四度目ともなると、疲れが見えてきてしまうのかもしれない。

私達は一度転化すると、同じ動物にしかなれない。兎なら兎、豚なら豚で一貫している。おじいちゃんが今の身体から生まれ変わっても、山羊なのは変わらないのだ。それは、世界の理《ことわり》として決まっている。

だから、豚になったお兄さんは、豚としての役割を永遠に果たさなければならないのだ。

「最近の兄貴、あんまり何考えてるか教えてくれなくてさ。前回の転化の時は凄く上手くいってたのに、今は残飯を出しても食べない時がある。臍《へそ》を曲げてるんだ。俺は兄貴を大切だと思ってるし、負担は掛けたくない。でも、気まぐれにしか餌を食べず、痩せた豚の兄貴は仕事を放棄してる」

「ちょっと飽き飽きしてるだけなのかもしれない。何か他にやりたいことが出来たのかも」

私の家も、おじいちゃんはまるでペットのようになっているし。そもそも、犬や猫に生まれ変わった人達は、何をするでもなく気ままに過ごしているだけだ。お兄さんがサボっているように見えても、それは今までが働き過ぎだったということじゃないんだろうか？

でも、ミカギは真面目な顔で首を振った。

「そう。兄貴は飽きてるんだと思う。俺達はこのコミューンで永遠に暮らし続けるだろ。そこにはずっとなだらかな幸せがある。兄貴さ、豚になるって決めた時は『餌だけ食べて寝てればいいんだから、幸せだよな』って言ってたんだよ。でも、兄貴は幸せすぎて嫌になっちゃったんじゃないかなって」

「私も……ずっと食べて遊んでばっかりでいていいよって言われたら、ちょっと飽きちゃうかもしれない」

「な？　そういうことなんだよ。兄貴は基本、豚舎《とんしゃ》から出ないしな。食べて寝てればいい幸せに飽きちゃったんじゃないかって」

眠い朝に目を擦りながら起きる時は、ずっと寝てても怒られない動物が羨ましくなる。食べて寝ているだけの生活は一見すると幸せに見える。でも、私達には永遠があるのだ。

「だから俺は驢馬になって、色んな仕事が出来るようになりたいんだよ。俺は驢馬として、子供や孫を背中に乗せてやったりもするんだ。そういうことが出来ないから、兄貴はうんざりしちゃったんじゃないかって思うんだよな」

ミカギがそう言って笑う。ミカギは子供好きで、広場に行くといつも子供達を構ってあげている。驢馬になれば、広場に行って子供と戯《たわむ》れることも出来るわけだ。私は何となく気後れして驢馬と関わらなかったけれど、驢馬はコミューンの中でも人気者だった。

そう考えると、驢馬はミカギに似合っているのかもしれなかった。最初に聞いた時から、驢馬の印象はすっかり変わっている。

けれど、私には引っかかっていることが一つだけあった。

「……でも、驢馬と兎じゃ、一緒にいられないね」

第一に、大きさが違いすぎるし、さっきも言った通り、住む場所も違う。ミカギの背に乗りに行くことは出来るかもしれないけど、四六時中一緒にいるのは厳しいだろう。驢馬は農機具を付けて働かなくちゃいけないし、そういう時に私に出来るのは、まんまるの黒い目でミカギを見つめていることだけだ。

「……まあ、兎と驢馬が一緒にいるところは見ないよな」

「そうでしょ。転化後も仲良くしているのは、同じ種類の動物ばかりだよ」

現に、おじいちゃんとおばあちゃんは夫婦だったのにも拘《かか》わらず、今では全然違うところで暮らしている。それが悪いこととは思わないし、好きな動物になればいいとも思うけれど、もしおじいちゃんがおばあちゃんと同じ牛に生まれ変わっていれば、今でも二人は一緒にいたかもしれないのだ。

「夫婦が同じ動物になる方が珍しいだろ。家族を支えるのに、それぞれ一頭でいいんだから」

まるで告白のようなことを言われて、私の心臓は一瞬だけ高鳴るけれど、それよりも転化後の悲しさが勝《まさ》って下を向いてしまった。

「分かってるよ。……でも、人間として夫婦でいるより、お互いに生まれ変わってからの方がずっと長いんだよ。ずっと一緒にいたいよ……」

「俺の親父とお袋は、人間でいる間で十分だって。あんまり長くいてもお互いに嫌になるって言ってるけど……」

「私はそうじゃない。嫌になんかならないよ」

檻を仕立てたばかりだからか、子供のような駄々をこねてしまう。コミューンでの十二歳は重い。これからずっと続く長い生活を真面目に考えさせられる時期だ。銀色の檻の中で、たまにミカギに会うことを楽しみにするような兎にはなりたくない。

「ねえ、兎になろうよ」

「え？」

「ミカギも兎になろう。兎同士なら、転化後もずっと一緒にいられるよ？　人間の夫婦の後に、兎の夫婦になろう。ね、そうしよう？」

あの銀の檻よりも、一回り大きな檻を仕立て、中でミカギと暮らす想像をする。そうしたら、私達はずっと一緒にいられる。お互いの柔らかい身を寄せ合って、毛繕いし合いながら暮らしていくのだ。

「俺が兎って柄じゃないだろ……」

「でも、兎の中には雄兎もいるでしょ。それに、ミカギは兎になったとしても凄く格好良い毛並みになると思う。ねえ、私とずっと一緒にいようよ」

恥ずかしいことを言っている自覚はあったけれど、これから先、ミカギを独り占め出来るのだとしたら、形振《なりふ》り構っていられなかった。動物の夫婦は、コミューン内に存在しなくはない。それこそ、同じ小屋に暮らす鶏の夫婦だっているはずだ。私は将来、ミカギと兎の夫婦になりたい。人間の子供を育てた後に、兎の子供を育てたい。

「退屈はきっとしないよ。私、ミカギと一緒にいたらずっと楽しいと思う」

「………お前が驢馬になるって選択肢は無いのかよ」

「え、いや、その」

「冗談。お前、驢馬似合わないもんな」

そう言って、ミカギはふっと優しく笑った。

「わかった。俺も兎になるよ」

「ほ、本当に？　いいの？」

「ああ。だって、俺もくいなとずっと一緒にいたいしな」

嬉しさがじわじわと込み上げてくる。思わず、ミカギの身体に抱きついてしまった。ふわふわでも何でもないミカギの身体は、凄く熱くなっていた。それに、小動物みたいに鼓動が速い。ぎこちなく、ミカギの腕が私を抱きしめ返す。

「本当に、ずっと一緒にいてくれるんだ……嬉しい……」

「ちゃんと師にも家族にも言うし、何なら今誓ってもいい。俺は、明日転化しても兎になる。お前も転化するまでは、俺のことを撫でに来てもいいぞ」

「噛んだりしない？」

「お前だけは噛まないよ。ジュンヤとかが不用意に触ってきたら、前歯をお見舞いしてやるけどな」

冗談めかしてミカギが言うので、私はくすくす笑う。嬉しい。人間としてやりたいことは沢山あるけれど、今ここで二人で転化して、明日からでも兎の夫婦になるのも悪くないと思った。ミカギの身体は今でも温かいが、兎になったらきっともっと温かいだろう。

そんなことを考えていたからだろうか。

この会話をした三日後に、ミカギは本当に転化してしまった。

雨が降った直後で、川の流れの速い日だった。

○9○

なのにミカギは、雨が降った後の方が魚がよく獲れると言って、川に出かけてしまったのだ。私達は、みんな魚が好きだった。魚は魂を持っていないからか、どれだけ獲ってもすぐに増えてくる、植物のような食べ物だった。

そしてミカギは川に呑《の》まれ、転化することになった。ミカギの持って行った魚籠《びく》が、尖《とが》った岩に引っかかっていた。

みんながミカギの転化を囁《ささや》きながらも、私はまだミカギが無事でいることを信じていた。いくら川の流れが速くても、ミカギは泳ぐのが得意だった。もしかしたら、みんなが噂しているように溺《おぼ》れてしまったのではなく、今まさに川の下流から必死で戻って来ようとしているんじゃないか。そう思ったのだ。

しかし、師が転化したミカギを広場まで連れてきたことで、そんな甘い想像は絶たれた。ミカギは人間の身体から、一頭の大きな驢馬に生まれ変わっていた。黒茶色の身体に、ぴんと伸びた耳を持つ、想像よりも大きな驢馬だ。

ミカギはあのまま大人になれば、コミューンでも一番の大男になるだろうなんて言われていたけれど、まさか、驢馬になってもこんなに大きいなんて。これなら、子供と言わず大人だって乗れるはずだ。

「ミカギはこうして驢馬に生まれ変わった。これからは新しい姿を手に入れたミカギと、共に暮らしていこう」

手綱を持った師が、高らかに宣言する。すると、広場に集まったみんなが一斉に拍手をした。ミカギは川に流されてしまったけれど、こうして無事に転化を果たした。しかも、こんなに立派な驢馬になることが出来た。本来なら、盛大にお祝いをしなくちゃいけない事態だ。私も、三日前のことがなければ素直に拍手が出来ていたかもしれない。

でも、濡れた瞳でこちらを見つめるミカギのことを、私は恨みがましく見つめてしまう。ミカギ、兎になってくれるんじゃなかったの？　私とずっと一緒にいてくれるという約束は、どうなったんだろう。考えれば考えるほどもやもやが募《つの》った。

あの時言ってくれた言葉は、ただの社交辞令だったのだろうか。そう思うと、どんどん悲しくなってきてしまった。せめてミカギの転化が遥か先のことだったら、心変わりも仕方ないと思えたかもしれないのに。

「くいな。浮かない顔してるね。どうしたの？」

隣に立っていたつばめが、心配そうに尋ねてくる。別に、と答えようとした瞬間、息を呑んだ。

いつの間にか、驢馬のミカギが目の前に立っていた。瞳の中に、私の姿が映っている。手綱を持っている師は、ミカギのことを引っ張ることもなく、彼の気の向くままにさせている。

「ミカギ……」

私が名前を呼ぶと、ミカギは私の胸に頭を擦り寄せ、ぺろりと手を舐《な》めてきた。

「ひゃっ、み、ミカギ？」

「ああ。ミカギはくいなちゃんが好きだったもんなあ……」

そう言うのは、ミカギのお父さんだった。こういう席だからか、豚になったお兄さんを連れている。お兄さんは興奮しているのか、頻《しき》りに鼻を鳴らしていた。弟の転化を見届けようとしているからだろうか。

「こんなこと言うのもあれだけどな。いつかくいなちゃんはミカギのお嫁さんになるんじゃないかって思ってたんだ。ミカギはいっつもくいなちゃんの話ばっかりしてたもんなあ……」

「それは……」

本当は言ってしまいたかった。私達、人間の夫婦になって、それで兎の夫婦になるはずだったんです。ずっと一緒に暮らすはずだったんです。でも、驢馬になったミカギは何か言いたげに私を見つめるだけなので、勝手にそんなことを言ってしまうのが躊躇《ためら》われた。私は、自分の傍に寄ってきたミカギを見つめ返し、確かめるように尋ねる。

「ねえミカギ。私、ミカギが好きだよ。ミカギは今でも私のことが好き？」

私が尋ねると、ミカギはもう一度頭を擦り寄せてきた。

それだけで十分だった。私には、ミカギの気持ちの全てが分かった。もっと一緒に話したかったし、兎の夫婦になりたかった。でも、ミカギが無事に戻ってくれたことが嬉しかった。

「ミカギ、ありがとう。大好きだよ」

私が撫でると、ミカギは大きく鳴いた。勿論、私のことは噛まなかった。

転化した姿をお披露目した後は、初めてのお仕事に入ることになった。これも大事な儀式の一部だ。ミカギはちゃんと生まれ変われているから問題は無いだろうけれど、急に暴れ出してしまうこともなくはない。

農機具を付けたミカギは、前に語っていた通り堂々としっかり働いた。畑を耕し、収穫物を運び、子供まで背に乗せた。それを見て、私はやっぱりあれはミカギなんだ、と思った。たまに得意げにこちらを見てくるのが可愛くて、柄にもなく手を振ってしまったくらいだ。

私はまだ人間だから、ミカギに会いに行くことも、お世話をすることもいくらでも出来る。何も寂しいことはないのだ、と思って嬉しくなった。私はミカギの傍にずっといる。これからも変わらない。

「ミカギ、耳が長いな。まるで兎みたいだ」

近所に住んでいるネコヤさんがそう言うのを聞いて、心が慰められた。

ミカギの決意は、ほんの少しだけ間に合わなかったに違いない。でも、ミカギは私との約束を忘れたわけじゃなかったのだ。だから、どうにかして兎になろうとした。その結果が、その長い耳なのだろう。

溺れながらも頑張ってくれたミカギのことが、殊更《ことさら》に愛《いと》おしくなる。仕事が終わったら、ミカギの兎のような耳に触りに行こう。そう決めた。

驢馬になったミカギには、それからも定期的に会いに行くことになった。ミカギも会いたがっているだろうと言われると、顔が赤くなる。人間と驢馬が恋人になることはないんだろうか、と考えた。流石《さすが》にそれは馬鹿な話だと一蹴されるのかもしれない。でも、考えずにはいられなかった。

ミカギが驢馬になったのだから、いっそのこと私も驢馬になるべきなのかもしれない、とも思った。あの銀の檻には、もう未練がなかった。驢馬としてミカギと一緒に農機具を引いて暮らせるのなら、それも幸せなんじゃないかと思った。

そんなことを考えながら、私は深い森の中に歩みを進めていく。昨日から、おじいちゃんの調子が悪かった。何をあげても首を振って文句を鳴くだけで、考えていることがまるで伝わらないのだ。

「くいな。おじいちゃんの為に樹皮を削ってきてくれる？　それなら食べるかもしれないから」

山羊になったおじいちゃんの大好物は、剝《は》がした樹の皮だった。おじいちゃんはそれを、とても長い時間を掛けて食べる。そういうところも、気味が悪いと思うところだった。でも、家族の為に、私は働かなくちゃならない。

先日の大雨で、森は荒れていた。その分だけ樹の皮は剝ぎやすく、おじいちゃんのご飯は手に入れやすかった。森全体に瑞々《みずみず》しい匂いが漂っている。私はナイフを手に持ちながら、川を道標《みちしるべ》にして森を進んでいく。川沿いを進んでいれば、道に迷うことはない。

削った樹皮をポシェットに入れて、私はどんどん進んでいく。

「くいな」

という声がしたのは、その最中のことだった。

その声を聞き間違えるはずがなかった。私が飽きるほど聞いてきた声だ。信じられない気持ちで振り向くと、そこには真っ黒に薄汚れた人影があった。裸足《はだし》に血が滲《にじ》み、充血した白目だけがぎらぎらと輝いている。

「な……何？　何なの？」

「くいな、俺だよ。俺だ……」

もう、否定することは出来なかった。これはミカギの声だった。驢馬の低い嘶《いなな》きではなく、私のよく知るミカギの声だ。その声が、私の名前を必死に呼んでいる。

その時、私の中に得体の知れない恐怖が沸き上がった。化物を見た時の恐怖とはまた違う、何とも言えない恐ろしさだ。一体この感情は何だろう？　何でこんなに怖いんだろう。

その恐怖の出所を確かめる前に、ああーっ、あ、あぁ……あーっ、という言葉が自然と漏れ出てきた。なんで。どうしてミカギがここにいるの。後ずさる私に、ミカギは——ミカギの転

99〇

化前の姿をしたものは、傷ついたようだった。そして、弁解するように言った。

「……か、川、落ちて、頭、打って、う。動け、なくて、でも、川、流れてるから、ずっと、上流目指して。来て、それで、こんなになって」

どうやら、私が怯《おび》えているのは自分の見た目が薄汚れているからだと思ったらしい。確かに、肌がぼろぼろで服の汚い、まるで野生の動物のようなミカギの姿は恐ろしいけれど、私が怖がっている理由はそんなことじゃないのに。

川に流されたミカギが生きている可能性は、私だって話した。でも、みんな取り合わなかった。そうしているうちに、ミカギは転化して戻ってきた。

人間のミカギが残っているはずがない。ミカギは驢馬になったのだ。みんなに褒められて、農機具を引っ張っていたお調子者のミカギ。私のことを舐めて、愛情を示してくれたミカギ。あれがミカギじゃないなんてことがあるだろうか？　ミカギが転化していなかったということが？　いや、そんなことはない。だって、みんなあれがミカギだと言っていた。ミカギは転化したのだ。転化した。

失敗なんかしていない。ちゃんと魂が移った。

――移っていないのだとしたら？

あの驢馬がミカギではなく、目の前のミカギが本物であるとしたら？

「た……助け……助けて……くいな……」

今にも斃《たお》れそうなミカギが、必死に私の方へ手を伸ばしてくる。あれから一週間が経《た》つ。ずっと川の上流を目指して歩いてきたのなら、体力は限界のはずだ。でも、だからこそ、ミカギは――。

恐怖が骨まで浸す。言葉にすることが叶《かな》わない恐ろしさが、私の身体を目掛けて落ちてくる。その恐怖に押し出されるようにして、私は思いきり駆け出した。そして、ミカギの傷だらけの身体を突き倒す。ミカギの喉《のど》から、驢馬のような呻《うめ》き声が漏れた。

ミカギは玩具のようにごろごろと地面を転げた。一緒にいた時より、随分軽くなった。影だ、と私は思う。こんなものは影だ。

「私のミカギは――私のミカギはもういるんだ！　お前は偽者だ！」

軽くなってしまった、今にも消えてしまいそうなミカギを蹴る。ミカギが更に転がる。そして、彼が必死で標《しるし》としてきたものへと落とそうとする。

「消えろ！　消えろ！　いなくなれ！　消えろ！」

ミカギはなおも私にしがみつこうとした。真っ黒になった、蹄《ひづめ》に似た爪が私の肌に食い込み、吐きそうになる。その手を振りほどこうとして、私は仕事道具を取り出した。さっきまで樹の皮を剝いでいた、大振りのナイフだ。それを、ミカギの腕に思い切り振り下ろす。ミカギは悲鳴を上げて手を離し、自分から川の方に逃げた。私はなおも追跡し、彼の背を刺してから川に突き落とす。

ミカギから立ち上る血の筋は、綺麗な水に紛れてすぐに見えなくなった。彼自身もそうだ。ナイフを失ったことに気がついたけれど、もうどうしようもなかった。

がたがた震える身体を抱き、ポシェットだけを携えて森に戻る。ワンピースに付いてしまった血の赤が、さっきのことを夢じゃないと報《しら》せていた。よく覚えていないけれど、血が飛んだ箇所はおじいちゃんの涎で汚されたところと同じ箇所であるような気がした。

一人になると、さっき覚えた恐怖が沸き上がってきて身体を捩《よじ》る。このことを説明した方がいいのか、説明するとしたらどうなるのかを考える。私はナイフを生き物に向けてしまった。それは、コミューン内ではよくないことだとされている。

刃物を人に向けるのは以《もっ》ての外《ほか》だ。全ての人間は、出来る限り転化のタイミングは天に任せる。人が転化の手伝いをする時は、師が指示した時だけだ。それを破ったら、私達の魂が汚れて転化出来なくなってしまう。

でも、私がナイフを突き立てたのは、一体何なのだろう。ミカギ？　ミカギは？　だって、ミカギは――。

さっきまで瑞々しく感じていた森の匂いが、噎《む》せ返るような血の臭いに感じられる。ポシェットの中で、樹皮が擦れる音がした。

私は一体、何を見てしまったのだろう。

私が叫び声を上げるのと、傍《かたわ》らに立っていた巨大な樹が倒れてくるのは殆ど同時だった。

気がつくと私は、癒院《ゆいん》の布団に寝かされていた。身体全体が熱と痛みを持ち、鼓動に合わせて全身が揺れているように感じた。視界は半分以上赤く染まっている。

「くいな！　起き上がっちゃ駄目！」

お母さんの声がした。言われなくても、私は起き上がれなかった。お腹の辺りに激痛の塊があって、それを動かすと全身が破裂してしまいそうだった。自分はきっと、大変なことになっているのだろう。ちらりと見えた手は、赤黒く変色していた。もう元には戻らなそうだった。

「ああ……くいな……くいなぁ……どうして……」

お母さんが泣いていた。お父さんが、隣でお母さんを慰めている声がする。それに加え、師の声もした。師はよっぽどのことがない限り私達のところには来ない。だからきっと、転化の時が近いのだ。私は転化する。逃れられない。そのことを意識すると、真っ赤な目に涙が滲んだ。

「ふううぅ、嫌だ、こわい、こわいよぉ」

私の言葉は舌足らずになっていて、怖いという言葉が「こあい」になってしまっていた。自分の言葉が制御出来なくなっている。操れていた言葉が操れなくなる。転化したおじいちゃんやミクモのおばさんも、転化間際から言葉を喋れなくなった。ここから始まるんだ、ここから。

もう既に、私は言葉を失い始めている。

「おぉおおかああああさん」

声の大きさが調節出来ず、出てきた言葉は言葉というより音だ。私の音を拾い、お母さんが涙目で言う。

「大丈夫よ。くぃな。眠るだけ。起きたら転化が終わってるわ。兎になるんでしょう？　大丈夫。お母さん、兎のくぃなも大事にするからね」

ピンクの檻にさせてあげればよかった、とお母さんが言う。こんなに早く転化するとは思わなかったから。今からでも間に合うから、一旦あの檻に入れて、すぐにピンク色の檻に替えてあげようか。囁く声がする。

「ぅううぐぐぐ、びんぐ、ぅううう、びん、ぐ」

ピンクの檻じゃなくてもいい。改めて仕立て直す必要なんてない。そう言おうとしているのに、言葉が出てこない。何も言えない。喉の奥から鉄の味がして、ごぼりと沼の泡のような音がした。ピンクの檻にしなくていい。だって、今の私はそれが何だか何の意味も無いような気がしてしまっているから。銀色の檻でも、何にも関係が無いように感じるから。

「くぃな、苦しいの？　くぃな」

「ぎぃうぐぐぐ、びんく、ぅううぅ！！」

「ピンクの檻、必ず用意するからな。あと少しの辛抱だ。ああ、早く……師、くぃなを早く楽にしてやれませんか、師」

お父さんが私の手を握りながら、師に訴え掛ける。もう苦痛を和らげる方法は無い、と師が言う。どんな薬でも、苦しみを取り去る方法は無い。なら、どうすればいいんですか？　早く、転化は。いいだろう。この子はもう準備が出来ている。転化間近だ。早める手伝いをしてもいい。師、本当ですか。ああ、手伝うといい。

私がひっきりなしに獣のような苦悶の声を上げているからか、師は転化間近だと認めてくれたようだった。

そうか、こうして人間から生まれ変わるんだ。最初に声から変わるんだ、と私は思う。でも、兎は鳴くんだっけ？　私の知っている兎は、鼻を鳴らすことはあっても鳴きはしなかった。

なら、私は一体何になってしまうのだろう？

「手伝うぞ、くいな。くいなはきっと綺麗な兎になる。ここで一番毛並みのいい、綺麗な兎になるんだ」

そう言って、お父さんが私の首に手を掛けた。お父さんの太い指が、しっかりと私の首を絞める。苦悶が最高潮に達し、口の中に溜まっていた血がお父さんの手にびしゃりとかかった。でも、お父さんの手の力は全く緩まない。私の転化を手伝う為に、更に強い力を込めていく。息が出来ない。苦しい。声が鼻に抜け、ここでようやく兎のような声になった。

意識が徐々に明滅していく。明滅という言葉を私は知らないはずなのに、言葉が溢《あふ》れ出してくる。どういうことだろう。私が私で無くなる。私が塗り潰されていく。

途端に、恐ろしさが喉の奥に詰め込まれた。私の意思とは別のところで、身体がばたばたと動く。恐ろしすぎて、自分が制御出来ない。私は懸命に逃げようとしているが、これからは決して逃げられないのだと知っている。息が苦しいのに、声が止まらない。ミカギのことを見つけた時に、意味を為《な》さない呻きが漏れたのと同じだった。

転化を手伝われるという地獄の苦しみを味わいながら、私は、自分の恐怖の正体に向き合わされる。どうして私は、ミカギのことを見つけてあんなに恐ろしく思い、取り乱したのか。

簡単なことだ。ミカギが生きているのなら、ミカギが生きているのに驢馬のミカギが現れてしまったということは、天が墜《お》ちてくるということだ。世界が変わる。変わってしまう。

だから私は恐ろしかったのだ。

あの驢馬がミカギではないのなら、あの山羊はおじいちゃんではないかもしれない。おばあちゃんは雌牛ではないのかもしれない。ミナ子は鶏ではないのかもしれない。スギノミさんは亀ではないのかもしれない。無数の疑念が連鎖して私の肺まで押し寄せてくる。いよいよ息が出来ない。目の奥が耐えきれないほど痛くなった。それでも、最後に残った意識が結論を、最上級の恐怖を叩きつけようとしてくる。

人間は、転化しないのかもしれない。

人間がいずれ転化して動物になるというのは、間違いなのかもしれない。

じゃあ、私は、一体どうなるのだ。お父さんは私の転化を信じている。お母さんも信じている。でも、私は知ってしまった。驢馬のミカギを見た後に、人間のミカギを見たのは私だけなのだ。人間が転化しないのかもしれない、ということを知っているのは、今転化しようとしている私だけなのだ。

視界が暗くなってくる。音も段々と聞こえなくなっていく。全てが闇の中に包まれようとしている。眠りたくないのに強制的に眠りにつかされるような感覚だが、私には二度と朝が来ないことを知っている。察し始めている。

私は意識を取り戻そうと必死になるが、どんな抵抗も意味を為さない。あれだけ強い力だったのに、首を絞めているお父さんの手の感覚すらもう無い。怖い。怖い。だが、そのこわいということがどういうことなのかも分からなくなっていく。

人間が転化しないというのなら、この果てしない闇の先には何があるのだろう。師は、何故《なぜ》私達にこの先にあるものを秘密にしていたのだろう。それとも、全ては悪い夢で、私はちゃんと銀の檻の中で目覚められるのだろうか？

信じたい。信じたいのに、私の身体の根源にあるものが、本能的恐怖でこの先の無を報せてくる。朝は来ない。私に朝は来ない。

魂が焼き切れそうな恐怖の中で、私が最後に悟ったのは、師が何故これを秘密にしていたのか、ということだった。私達は例外なくこの恐怖の中で生を終える。こんなものが待ち受けていると知れば、私達は生きていくことすら出来ないだろう。だから、ずっと隠され続けてきたのだ。

おそろしい。こわい。あさは来ない。うさぎの檻、山羊。銀。ろば。ない。ぜんぶ無い。

私を、永劫《えいごう》の無が待っている。

ドッペルイェーガー

焦りが指を縺《もつ》れさせる前に、まずドレスの裾を破る。

重たく足に纏《まと》わりつく紺色の生地は、いざという時にケイジュの足を絡ませる。生地を暖炉の鉄柵に引っかければ、比較的簡単に破ることが出来た。それにしてもどうしてこんなに面倒なものを自分が着せられているのか——そもそも、自分はどうしてこんなところにいるのかも分からない。

分かっているのは、このままここにいるのはまずいということだけだ。

ここは書斎のような場所だろうか？　黴臭《かびくさ》い本棚には革で装丁された本が大量に詰まっているが、背表紙の文字が読めないので何の本かは判明しなかった。

大きな窓から外を見た。ここは二階にある部屋らしく、地面が遠い。おまけに雷雨のお陰で外がよく見えなかった。開いて様子を見ようにも、鍵が外せない。ガチャガチャと窓枠を鳴らす度に、焦りがどんどん募《つの》っていった。

ケイジュは前にもここに来たことがあり、これから起こることを知っている。これから起こることは、想像するだけで吐きそうになってしまうほど酷《ひど》いことだ。このまま気を失えたらどれだけいいかと思うが、どれだけ息が上がっても、優しい暗転は訪れない。ここはそういう場所だ。

「やだ、どうして開かないの……なんで、出して、出してよ」

震えながら、何度もそう唱える。叫ばないのは、叫べば位置がバレてしまうからだ。ここにいれば、すぐに見つかってしまう。

そう思った瞬間、ケイジュは訳も分からず駆け出していた。書斎の扉を開け、全速力で駆けていく。広い廊下は赤い絨毯《じゅうたん》が敷き詰められていて、足音があまり響かないのが幸いだった。この音を聞きつけて、どのくらいでやって来るだろうか。

暗い廊下を走っていくと、開けた場所に出た。まるで絵本に出てきそうな大階段があって、シャンデリアが下がった玄関ホールに繋《つな》がっている。だが、どの明かりも灯っておらず、辺りは沈黙の闇に閉ざされている。耳が痛くなりそうなほどに静かだ。はあ、はあ、という自分の情けない呼吸音だけが聞こえる。

観音開きの大きな扉は目の前だ。けれど、それが窓と同じように無情に閉ざされていることを知っている。私を狩りに来るものは、そういう趣向が好きなのだ。あれが扉を叩くケイジュの髪を摑《つか》んで、床に引き倒すところが容易に想像出来た。それじゃあ、駄目だ。殺される。広すぎる屋敷の中で、隠れられる場所は殆《ほとん》ど無い。なら、どうすればいい？　もう時間が無い。捕まる。捕まってしまう。

ケイジュは必死に辺りを見回す。どこか、何か意表を突けるものはないか。数秒の逡巡《しゅんじゅん》の後、ケイジュは背後にあるものに飛び込んだ。扉を閉めて、息を殺す。口元に手を押し当ててもなお、自分の奥底から出てくる呻《うめ》き声は抑えられない。

やがて、遠くの方からコツコツという靴音が聞こえた。その音はゆっくりと階段を上がってきて、ケイジュの目の前で止まる。お願い。見つけないで。神様助けて、お母さん、お母さん助けて。

目の前にいる狩人が自分の方から去って行く気配がした。――成功したのだ。見つからなかった！　安堵《あんど》で涙が出そうになる。一旦やり過ごせれば、逃げ出すチャンスも生まれるかもしれない。そう思った瞬間、ケイジュが入り込んでいる振り子時計が鳴った。

ケイジュの身体《からだ》ごと震わせる轟音《ごうおん》が響く。鼓膜《こまく》がきぃんと痛くなり、そのまま振り子時計の中から転がり出そうになった。けれど、ここから出たら見つかってしまう。苦しい、怖い。

「まだそこにいるつもりなの？」

その声を聞いた瞬間、全身の血が凍るようだった。

「そこに逃げ込むだろうなって分かっちゃった。面白かったからそのままにしておいてあげたけど。びっくりしたでしょ、その時計は鳴るんだよ」

気づけば、狩人の冷たい目がケイジュのことを見つめていた。ひく、と喉《のど》が鳴るのと、振り子時計のガラス戸が開くのは殆ど同時だった。狩人の手がケイジュの髪を無造作に摑み、顎《あご》を床に叩きつける。ごぎゅ、という嫌な音がして口の中がすぐに血でいっぱいになった。

○
8
○

「い……いだい、いだいよぉ」

「痛いねえ」

狩人は嬉しそうに笑っている。ケイジュが咳き込むと、折れた歯が二、三本ぼろぼろと転げ落ちた。狩人はそれを見てから、ケイジュの顔を思い切り蹴り飛ばす。それから、ドレスに包まれた柔らかい腹を、手に持った火掻《ひか》き棒で何度も殴打した。

ケイジュが痛みに絶叫していると、不意に攻撃が止んだ。まさか、赦《ゆる》してくれたのだろうか。一瞬だけ、そんな希望を見出す。痛みを孕《はら》んだ肉袋でしかなくなってしまった身体を引きずりながら、ケイジュはずるずると狩人から逃げようとする。

だが、狩人は優雅な足取りでケイジュのことを先回りすると、二回りほど大きく腫れ上がった赤い手を鉄の器具に乗せた。熱を持った掌《てのひら》に、その冷たさは気持ちがいい。けれど、その器具の正体に気がついた瞬間、ケイジュは再び絶叫した。

「ひ……嫌だ嫌だやめてやめて！　助けて、助けてーっ！　やだーっ！　あああああああああ！！！」

掌が乗せられた鉄の板の上には、もう一枚分厚い鉄の板がある。まるでホットサンドメーカーのようだ。狩人が恭《うやうや》しく摘《つ》まんでいるのはネジで、一捻《ひとねじ》りする度に鉄の板同士が近づいていく。万力が、ケイジュの掌を押し潰そうとしている。

「嫌だあああ！！　助けて、いだいのやだっ、ああああああ」

「うん、嫌だね。痛いのは嫌だね」

「でっ……手は、ではやだあっ」

「ピアノ、弾けなくなっちゃうからね」

狩人は優しくてたまらない声で言う。どうして知っているのだろう、とケイジュは思う。そうだ、ピアノ、ピアノが弾けなくなってしまう。それは嫌だ。守らなくちゃ、この手だけは。

そんな彼女に、狩人は愛しさを滲《にじ》ませた声で囁《ささや》く。

「もう全部閉じたよ」


「うん、すごく良くなってる。このまま練習すれば、きっと発表会までには戦メリが弾けるようになるよ」

私は、早乙女《さおとめ》理々沙《りりさ》に対して笑顔でそう言った。

「本当？　先生それ、本当に言ってる？」

「うん、すごく上手。理々沙ちゃんが頑張ってくれて私も嬉しい」

そう言ってなおも微笑《ほほえ》みかけると、理々沙ちゃんは満面の笑みを浮かべたまま足をバタつかせた。この足癖の悪さはいつまで経《た》っても直らないけれど、ピアノの腕前は驚くほど上手になった。小学四年生という年齢を考えれば相当弾ける方だ。

だからこそ、理々沙ちゃんが秋の発表会で『Merry Christmas Mr. Lawrence』こと『戦場のメリークリスマス』を弾きたいと相談してきた時も端《はな》から突っぱねずに真剣に考えたのだ。そうして悩んだ末に『戦場のメリークリスマス』をアレンジし、理々沙ちゃんでも弾けるよう、それでも元の曲の良さが残るような新しい楽譜を作った。

どれだけ作り込んだとしても、理々沙ちゃんが弾けなければ意味が無い。実力ギリギリのそれを物に出来るかは、この子自身に懸かっていた。

「慶樹《けいじゅ》先生のおかげ！　ありがとう！　私、本番も頑張るね」

「うん。先生もすごく楽しみにしてる」

「えへへ、先生大好き」

理々沙ちゃんが無邪気に首を傾《かし》げる。細い首だ。それがどれだけ折れやすいものか、私は知っている。私は何度もケイジュの首を折ったことがあった。

あの感触を思い出す度に、心が沸き立つ。

けれど私は、目の前の少女とケイジュを無闇に重ね合わせることはない。理々沙ちゃんはケイジュじゃない。そのことくらいは理解しているし、私は理々沙ちゃんに触れたことすら殆どない。

「じゃあ、最後のこの部分だけもう一度頑張ろうか。焦らなければ大丈夫だと思うけど、走りがちだから」

楽譜を指差すと、理々沙ちゃんが嬉しそうに鍵盤に指を乗せた。細い指が跳《は》ねる度に、音の粒が弾けていく。

ケイジュは長い廊下を走っている。その先にあるのが大階段であることを、玄関ホールであることを知っている。だから、そちらの方へは行かない。ケイジュはそのまま、寝室の方に向かう。

天蓋《てんがい》付きのベッドの下は埃《ほこり》一つ落ちていなかった。まるで招き入れられているような気がしてぞっとする。けれど、この寝室に逃げ込むことを選んだ以上、もう隠れるより他に選択肢が無かった。

ベッドの下に潜り込むと、思いの外狭《ほか》かった。身動きがあまり取れず、ここから素早く逃げ出すことは出来ない。見つからないよう祈るしかないのは、前にも増して不安だった。

やがて、狩人は寝室の中にやって来た。床に這うケイジュの目に、狩人の足が躍るのが見える。

もし見つかったら、ケイジュは引きずり出されるだろう。けれど、こちらを引きずり出す手は無防備だ。何の警戒も無く伸ばされる手に噛《か》みつくくらいは出来るかもしれない。あるいは、もっと他の攻撃を加えてやることも。

どうせいつかは見つかってしまう。――なら、見つかった時に少しだけでいいから思い知らせてやる。自分がいつでも狩る側である相手に、制裁を加えてやる。そう思うと、ケイジュの胸の内に嗜虐《しぎゃく》欲《よく》にも似た気持ちが沸き上がってきた。

手を伸ばしてこい。狩られる側に回るとは想像もしていない人間に思い知らせてやる。潰された手の痛みを教えてやる。

そんなことを考えているケイジュの鼻を、つんとした臭いが刺した。何の臭いだろう？　と思うより早く、ケイジュの身体が炎に包まれた。灯油を流し込まれ火を点《つ》けられ、小さな身体がベッドの下で跳ねる。激痛に叫びながら虫のように這い出ると、狩人と目が合った。そのまま、ケイジュの目は火掻き棒に貫かれる。


結婚式を三ヶ月後に控えて、光葉《みつは》くんこと阪本《さかもと》光葉は浮き立っていた。花嫁の私よりもお色直しに気合いを入れ、果てはオーダーメイドのドレスまで注文したくらいだ。紺色のドレスをどうしても着て欲しい、という彼の要望を断る理由も無かったが、クリスマスのように結婚式を楽しみにされると、少し気恥ずかしい気持ちになった。

半年ほど前から既に同棲を始めていることもあって、私にとっては結婚はそれほど大きなイベントではない。名前も阪本慶樹に改姓するのではなく沖野《おきの》慶樹のままにしようと思っているし、自宅の一階で開いているピアノ教室も変わらず続ける予定だ。

なので、結婚したらあれをしようこれをしようと楽しそうに語る光葉くんを見ることが出来るイベントでしかない。彼は今日も、味噌汁を啜《すす》りながら楽しそうに結婚式の話をしていた。

「ケイちゃんは誰か呼びたいとかある？　ピアノ教室の教え子とか？　ほら、戦メリの子とか。あの子の為に楽譜作ってあげたりしただろ」

「そうしたらみんな呼ばなくちゃいけない気がして、不平等かなって。あの年頃の子供達ってすぐお互いに話し合うから、誰々が行ったのに自分が行ってないだと、揉《も》めちゃうよ」

「ケイちゃんは優しいな。俺だったら同じ教え子でも贔屓《ひいき》しちゃうだろうから」

「そんなんじゃないよ。あんまり子供達にピアノ以外のことで気を揉ませたくないの。楽しくピアノだけに専念させてあげたいから」

そう言いながら、箸で器用に秋刀魚《さんま》を解《ほぐ》す。骨を取り外して細かい身の山を作ると、光葉くんの前に差し出した。

「はい。こっち食べるといいよ」

「え、いいの？」

「光葉くんは解すの苦手でしょ。だから、いいよ」

その言葉を裏付けるように、光葉くんの前に置かれた秋刀魚は綺麗なまま残っていた。皿ごと引き取って、代わりに解し身の載った皿を渡す。受け取りながら嬉しそうな顔をしている辺り、秋刀魚自体が嫌いなわけじゃないらしい。

「ありがとう、よく気づいたね」

「手つかずだったら分かるよ。今度から解して出してあげようか」

「それは流石《さすが》に甘やかされ過ぎてる気もする。慶樹の手はピアノの為の手だから、こんなことの為に使っていいのかって思う」

「こんなことの為に使いたいよ、私は」

私はそう言いながら、自分の為の秋刀魚を解し始める。

光葉くんが褒《ほ》めてくれる、私の手が好きだ。指が長くて全体的に手が大きいので、ピアノを弾くのに向いている。

少し火傷《やけど》をしただけでも心配になるし、日焼けをあまりしないように気をつけている。切り傷や突き指にはなおのこと慎重だ。

この手が万力で潰されるところを想像するだけで、背筋が寒くなる。手が傷つけられることは、私にとって顔や他の部位を傷つけられるよりも恐ろしいことだった。


脳波から意識のモデルを作り出す技術において、身体が麻痺しているが意識は覚醒下にある閉じ込め症候群の患者とのコミュニケーションを取ることが善の使い方であるならば、醜悪な使い方はLike us《ライカス》へのインストールだ。

ライカスは何枚かの写真から正確な3DCGモデルを作製出来る技術だ。作製した3DCGモデルは自身が使用するアバターとしての運用も可能であったし、自作のAIを搭載することも出来た。

それを悪用したのが、次のような事例である。とある男が泥酔した同僚を家に運び込み、意識を複製してライカスにインストールし、彼そっくりのライカスモデルを生み出した。生み出された同僚のライカスモデルは、延べ九百六十三日に亘《わた》って虐待され続けていた。だが、このこと自体が問題になったわけではない。男が同僚へ暴力を振るったからだ。歯が折れるほど殴りつけた結果、家宅捜索によってこのライカスモデルが発見されたのである。

極めて同僚に近い姿と、同僚に近い自我を持ったライカスモデルに加えられた暴力行為は罪になるのだろうか？

結局、他人の意識モデルを勝手に抽出したことと、同僚への暴力行為だけが罪に問われたが、ライカスに合意無く他人の意識モデルをインストールすることは禁じられた。複製された、限りなく本物に近いだけの意識でも、その苦悶は本物だと認識されるようになったのだ。

事件の一連の流れを見た私は、犯人を愚かだと思った。どんな理由があろうと他人を虐《しいた》げていいはずがない。同僚に実際に暴力を振るったことも、彼の意識モデルを勝手にライカスに入れて拷問《ごうもん》したことも最悪だった。ライカスであろうと他人は他人だ。

だが、この事件の報道は私にとって福音でもあった。意識モデルもライカスもあまり関係の無いことだと思っていたのに、急に全てが身近になった。

私は翌日からすぐにライカスについて学び始めた。それと同時に、自分の意識モデルを抽出する処置についても、然るべきところに相談した。自分自身と連弾がしたいと言えば、私を疑う人間なんか一人もいなかった。


「今日、帰り遅くなるから。晩御飯とかも用意しなくていい。外で適当に食べてくる」

「日付を跨《また》ぐの？」

そう尋ねると、光葉くんは心の底から申し訳無さそうな顔をして頷《うなず》いた。

「ごめん、結婚前なのに。こういう時期ってなるべく一緒にいた方がいいだろうにな」

「大丈夫だよ、一日くらい。お仕事頑張ってね」

光葉くんは物々しく頷くと、私の身体をとても優しい力で抱きしめる。私の中には光葉くんにしか見えない幻の骨が通っていて、それを壊さないよう細心の注意を払っているかのようだった。

そうして抱きしめられている時、私はいつも光葉くんの鼻面《はなづら》を蹴り上げる想像をする。光葉くんはきっと驚き、動揺するだろう。その怯《おび》えた顔に焼けた鉄を押し当て、皮を剥《は》いでやりたい。叫ぶ光葉くんは、多分想像しているよりもずっと愛《いと》おしいだろう。

「今日って教室休みだっけ？」

私が想像していることをまるで知らずに、光葉くんが言う。

「うん。馬淵《まぶち》さんがお休みだから、今日はそのままお休み」

「じゃあのんびり出来るな」

「そうだね」

私は笑顔で返し、自分の部屋にあるライカスと、『館』にアクセスする為のゴーグル型ダイブデバイスのことを考える。


光葉くんの帰りが遅くなるので、私は心置き無く『館』に向かうことが出来た。この行為を、私はお出かけと呼んでいる。服装もちゃんと外に出られるような――実際に館を訪れる時のような格好をしている。ダイブデバイスを利用して入るVR空間といってしまえばそれまでだけれど、神経接続まで行っているお陰で現実と殆ど遜色《そんしょく》の無い体験が可能なのだ。出来る限り相応《ふさわ》しい格好でいたい。

私は意識をVR空間に移し、館へと向き合う。よく出来ているとはいえ、細部に瑕疵《かし》はある。大きな館の全ての部屋が作り込まれているわけではなく、入れない部屋も多い。けれど、それすら気にならなかった。

何故《なぜ》なら、この館にはケイジュがいるのだから。

館の中に入り、埃っぽい空気を吸い込む。全ての照明を落としている所為《せい》で内装はよく見えない。だが、この館は私の理想に合っていた。買い切りのオーソドックスな3Dモデルにしては、とてもいい雰囲気だ。

今日の私は、初心に返ってスピアガンを持ち込んでいる。反動が少なくて扱いやすいものだ。

○ 6 ○

発射される銛《もり》には返しがついていて、刺されば何があっても抜けない。ケイジュは必死で外そうと藻掻《もが》き、じわじわと広がっていく血に恐怖の表情を浮かべるだろう。それを想像するだけで、心が沸き立った。

生まれてからずっと、私には嗜虐性があった。それは二十八年の人生の中に、深く結びつき、ずっと寄り添い続けていたものだ。

この嗜虐性は老若男女を問わず発揮されるもので、区別も見境もない。どんな相手であろうとも、自分の手で虐げられ、損壊されているところを想像すると心が震えた。生きとし生けるものは、私の獲物だった。

けれど私は、それが不適切な欲望であることも理解している。

他人に暴力を振るうことは赦されない。ましてやそれが自身の快楽の為であってはいけない。全ての人間が当たり前のように共有しているルールに、私も粛々と従った。それに、私だって自分が痛い目に遭わされるのは嫌だ。

誰かに思い切り暴力を振るいたい、という欲望はいつかどこかへ消えていくものだと思っていた。成長するにつれ、好きな物が沢山増えた。ピアノだってその内の一つだ。誰にも指を差されず、不適切ではない愛。

けれど、私の中の嗜虐性は消えなかった。外《はず》そうとしても外れない指輪のように、目に入る位置にずっと在り続けたのだ。ピアノを弾いている時でも、なお。

スピアガンを手にしながら、鼻歌を歌う。歌っているのは理々沙ちゃんが練習している『戦場のメリークリスマス』だ。

この歌を聴いたケイジュは怯え悶《もだ》えるだろう。その声が早く聞きたくはあるけれど、狩りが早く終わってしまうことを残念に思う気持ちもある。

ケイジュ。私が唯一虐げて構わない相手。

他人の意識の複製をライカスモデルにインストールするという忌まわしい事件が発生した直後、私はすぐに環境を整え、自分の意識を複製したライカスモデルを作製し、それにケイジュと名付けると、汎用フィールドとして開放されていた部屋に入れて凄惨な暴力を振るった。

他人の意識を複製したものに暴力を振るってはいけない。それは私の価値観にも適うことだ。だが、複製された自分に暴力を加えてはいけないとは思えなかったし、実際にそれは正式に禁止されてはいない。

狩られる側のケイジュは沖野慶樹と同じ『人間』ではあるが、記憶は取り除いてある。また、年齢もやや低く設定した。ケイジュが今の私とかけ離れた外見であればあるほど、他の人間を狩っているような気分になれる。

それに、年若い少女という、現実では絶対に害することが出来ない相手を害することが出来るのもいい。折角《せっかく》なら、本当にここでしか狩れないものが狩りたい。

館を購入したのもそれが理由だ。狩りがしたい。だから、相応のフィールドが必要だった。

ケイジュには正確に記憶を継承させているわけではないが、これだけ同じことを繰り返していると残るものがあるのだろう。自分が狩られる存在であることを意識し、それを回避するべく動くようになったのだ。

これもまた楽しいことだった。彼女は自分であるのに、自分ではない動きをする。そういえば、小さい頃の自分は気の強い少女だったような気がする。彼女は――自分は、こんな状況に閉じ込められたとしても、決して諦めたりはしない。だから、彼女もそうなる。

今日のケイジュは書斎にも寝室にもいなかった。だとすれば、前のように玄関ホールの振り子時計の中だろうか？　私は自分が考えそうなことを想像する。そして今日は、キッチンの方へ向かった。

果たして、足元にある戸棚の中にケイジュはいた。

紺色のドレスを裂き、足を露出させたケイジュは手に大きな出刃包丁を握っている。ケイジュは私の姿を認めるなり、躍り出るように包丁を振りかぶってきた。

私はそれを避けると、スピアガンをケイジュの肩に打ち込む。ケイジュの身体が大きく揺れ、床に転がる。銛の衝撃に肩の強度が敵《かな》わなかったのか、腕は殆ど千切《ちぎ》れそうになっていた。彼女の脆《もろ》さを考慮に入れなすぎたようだ。

ケイジュはそれでも包丁を手放していなかった。痛みに悶えながらも、私の方を睨《にら》んでいる。光葉くんは私に、紺色が似合うと言った。私はそのことをずっと前から知っていた。だから、ケイジュにもそれを着せたのだ。私は満ち足りた気持ちで彼女を見下ろし、スピアガンで裂けた腕を千切ってやる。


光葉くんと出会ったのは、大学二年生の頃だった。

通っていた音大の学祭で、粉塗《こなまみ》れになっていた私を光葉くんが笑ったのが最初だった。

「その全身に被ってるピンクの粉……何？」

「これ？　これは消火器の粉だよ。中はこうなってるの」

私の隣では、一人の女子学生が申し訳無さそうな顔をして黙々と床を拭いていた。宣伝看板を持って学祭を回っている最中、彼女はうっかり消火器を倒してしまい、運の悪いことにするりとピンの抜けてしまった消火器からはピンクの粉が吹き出てきたのだ。

ここら一帯は封鎖され、彼女と私は消火器の粉を掃除することになった。そこを通りかかったのが、光葉くんだ。

「消火器倒しちゃったから掃除してるんだ」

「君が？」

「ううん。私じゃないけど……」

私も光葉くんと同じように、ふらふらと学祭を巡っていたところを偶然通りかかっただけだ。

そうして、消火器の粉に塗れて途方に暮れている彼女を発見した。

「この粉って、一人で掃除するの結構大変なんだ。箒《ほうき》で掃いても細かすぎて全然集められないし、雑巾だといまいち拭いきれないし」

「優しいんだな。折角の学祭なのに」

優しいんだろうか、と私は思った。これを一人で掃除するのは大変だろうなと思ったし、それなら自分が一緒に掃除をするべきだと思ったのも確かだ。けれど、それは優しいことなのか。

少なくとも、光葉くんはそれを優しいことだと思ったらしく、度々このことを褒めてくれた。私と結婚する決め手になったのも優しいところだった。

光葉くんに言われた通り、優しい人間ではあったのだと思う。雨に降られることなんて何でもなかったから、傘の無い子供に自分の傘を渡して濡れて帰ったこともある。雨に濡れて震えている子供を見るのは楽しかったけれど、それは正しくないことだからだ。

電話でそのことを伝えると、光葉くんは私のことを迎えに来てくれた。光葉くんは私の優しさの共犯になっている。

それら全てを拾い集めて美点の箱に入れた光葉くんは、私と八年付き合い、この度結婚を決めた。誰よりもお人好しで優しい人間であるらしい沖野慶樹は、いつものようなはにかんだ笑顔で嬉しいと言う。

殺してやる。今度こそ私が殺してやる、とケイジュは思う。

自分がどうしてこんな館にいるのかは分からない。けれど、自分が受けた屈辱と痛みははっきりと覚えている。ここには自分を狩るものがやって来るし、ケイジュはそれに暴力を加えられる。

自分を狩りに来るものが何なのか、一体どうしてケイジュをそこまで攻撃するのかはまるで分からない。だが、狩人はケイジュのことを知り尽くしている。ケイジュが嫌がることを全て熟知し、ケイジュの隠れる場所を看破《かんぱ》してくる。

なら、逃れる術《すべ》は一つしかない。狩人ではなく、ケイジュが狩る側になることだ。万力で手を潰されるのも、目を抉《えぐ》り出されるのも、ベッドの下に灯油を撒かれて生きたまま焼かれるのも、自分の輪郭がどんなものだったかを覚えていられなくなるくらい殴打されるのも、皮膚を鑢《やすり》で削られるのも、強酸の風呂に頭まで漬けられるのも、千切られた自分の耳を口に詰め込まれるのも、全てする側になればいい。

不思議なことに、それらの仕打ちに絶望し怯えていたはずのケイジュは、それらの行為を自分がやる側になることを想像すると、心が安らぎ高揚した。自分の行く先には凄惨な地獄しか待ち受けていないというのに、ケイジュの中には自らが受けた仕打ちを反射する鏡があり、その中に閉じ込める獲物を探しているのだった。

隠れるのではなく狩人を迎え撃つことを考えた時、ケイジュが選んだのはキッチンだった。多くの来客の食事を一手に賄《まかな》うことの出来る大型のキッチンには、隠れられる調理台も、武器になる調理器具も大量にあった。

　この館には開けられるものと開けられないものがある。部屋の中にも入れるものと入れないものがあるし、物にも触れられるものとそうでないものがある。けれど、ケイジュの目当てである出刃包丁は、ちゃんと触れられるものだった。

　ケイジュは出刃包丁を取り上げると、調理台に備え付けられている大きな戸棚の中に身を潜めた。狩人はいずれケイジュのことを見つけ、戸を開くだろう。だが、その時にケイジュは飛び出し、狩人にこの出刃包丁を突き立てるのだ。

　狩人の血は何色なのだろうか、とケイジュは想像する。ケイジュ自身から溢《あふ》れ出るのと同じ、真っ赤な血なのだろうか。それとも、あの身体の中には何一つ通っておらず、切りつけてもぱっくりと空洞が口を開けるだけなのだろうか。

　狩人の身体の中に詰まっているだろうものを想像しているうちに、狩人の足音が聞こえてきた。狩人は鼻歌を歌っていた。何の曲なのかは分からず、不気味な響きだった。狩人は自分が狩る側だといつだって思っていて、だからこそそんな歌が歌えるのだろう。

　開けろ、とケイジュは思う。振り子時計の中に隠れていた時とはまるで違う気持ちで、狩人を待つ。狩人はお前じゃない。私だ。私が、狩りに出るんだ。狩りに、その喉笛に食らいつき、狩りを。

光葉くんは結局朝まで帰ってこなかった。聞けば、光葉くんは同僚が起こしたトラブルの処理に追われていたのだという。光葉くんは明らかに疲労困憊《こんぱい》といった様子で、リビングのソファーに倒れ込んだ。私は冷えた炭酸水を——光葉くんの好きな飲み物を渡す。

「トラブルって、何があったの？」

「……ケイちゃんはあいつのこと覚えてる？　ほら、宮前《みやまえ》っていう……ここにも一度連れてきたことがあったんだけど」

そう言われると、名前に覚えがあった。物腰の柔らかい優しい人で、ここを訪れた時に美味《おい》しいゼリーを持って来てくれた人だ。

「その人がどうかしたの？」

「……そいつが、酒飲んで泥酔してさ。周りの人間の悪口をバアッて言いまくったんだよ。悪口っていうか、かなり過激でさ、殺してやりたいとまで」

聞きながら、私は泉《いずみ》　鏡花《きようか》の『外科室』を思い出していた。秘密の恋をしている女が、麻酔を掛けられた時の譫言《うわごと》で好きな男への想いを暴露してしまうことに怯え、麻酔無しでの手術を要望する話だ。

「宮前さんって、お酒飲む人だった？」

「いや、普段は全然飲まない。今回は取引先の人に日本酒貰って、一人だけ飲まない人間がいるっていうのもなって、今回だけ飲ませた。そしたらそんなんでヤバすぎ」

光葉くんはそれらの事情を、まるで意に介さない様子で言った。

きっと、宮前さんは自分がそうなってしまうことを知っていたのだろう。だから、ずっとお酒を人前で飲まなかったのだろう。自分が獣になってしまうトリガーを知っている人間は、むざむざとそれに触れたりしない。

つまりは、その宮前さんがみんなの迷惑を顧《かえり》みず泥酔してしまったことで、全員が揉めに揉めてしまったようだ。けれど、彼を獣にしてしまったのは強要されてしまった飲酒であって、本来の彼はそういった自分の悪い部分を出さないように努めていたのだ。

「まさか宮前があんな人間だと思わなかった。いい人間だと思ってたのに」

「いい人間だったんじゃないのかな」

ぽろりとそんな言葉が出てしまった。案の定、光葉くんがはあ？　と不服そうな声を出した。

「いい人間？　どこが？　今までずっといい人間ぶってたけど、それは全部嘘だったってことだろ。本性はあれだったんだから」

「たとえば、人を虐げたいという欲望を抱えた人間が、その欲望を表に出さないで生活しているとしたら、それはとても優しいことなんじゃないかな。ただ優しいだけの人間が人に優しく生きていることよりも、残虐な人間が人に優しく生きていることの方がより優しいんじゃないのかな」

言いながら『私は自分を弁護している』と思った。けれど、そうせずにはいられなかった。

この段差にどれだけ尊いものが詰め込まれているのか、どうして周囲の人間には分からないのか。

けれど、光葉くんは私が何を言っているかが分かっていない様子で首を傾げるばかりだった。付け足すかのように「今日のケイちゃんはいっぱい喋《しゃべ》るね」と返してきたくらいだ。

私は何だか物凄《すご》く決まりの悪い気持ちになって、手の甲を見た。

「うん、どうしたの？　怪我でもした？」

「ううん。そうじゃないんだけど……」

こちらの私の手の甲には傷一つ無い。だが前回の狩りで、私はケイジュに出刃包丁で傷をつけられた。

スピアガンで肩を貫いた時、私は勝利を確信していた。千切れかかった腕を引きずるケイジュには何も出来ないと思っていたのだ。

けれど、実際のケイジュは私への反撃に打って出た。千切られていない方の手を使って、私に切りつけてきたのだ。

その時、私はケイジュが自分自身であることを強く意識した。あの攻撃性は——こちらを打ち斃《たお》そうという意志は、私のものだった。彼女もまた、狩人なのだ。

ケイジュがあの館で死んでも何の影響も無いのと同じように、私もまた、あの館でどんな目に遭おうと影響は無い。けれど、私はあの場所でケイジュに付けられた傷のことを覚えている。

なら、あの痛みは本物なのだろうか？　あの痛みが本物であったとしても、私がやるべきことには変わりがない。むしろ、それが本物であると思えた方が、より深く狩りは進化していく。

ピアノを弾く時に付けられた傷を意識することは、ある意味で私の好きが融和した瞬間だった。

酔って本音を吐き出した同僚に厳しい目を向ける光葉くんは、私の狩りを認めないだろう。子供にピアノを教えている私よりも、ケイジュに虐待を加えている私の方を本物だと見做《みな》すだろう。どちらも嘘ではないのに、アルコールで引き出された宮前さんの言葉をより本物だと思ってしまったように。

だから、光葉くんには狩りのことを教えない。あの場所は、私とケイジュのものだ。


その日、ケイジュはドレスの裾を破らなかった。もしかすると、ドレスの裾を破って速く奔《はし》ろうとすることこそが間違いであり、自分はゆっくりと移動することを求められているのではないか、このドレスを美しいまま着ることを求められているのではないか、と思ったのだ。脚に纏わりつく紺色のドレスを好きなようにさせて、狩人の来訪を待った。

足が縺れて、狩人にはいつもよりずっと早くに捕まった。

狩人はケイジュの長い髪を摑むと、壁に彼女の顔を何度も叩きつけた。狩人とケイジュが移動する度に、壁紙の色が変わってゆく。纏まって摑まれた髪はなかなか抜けない。

果たして、結婚式がいよいよ間近に迫ってきた頃、光葉くんが全てを知った。

理々沙ちゃんの発表会の後、私は熱を出した。

理々沙ちゃんの演奏はとても上手くいった。理々沙ちゃんも本当に幸せそうで、ご家族の方もみんな嬉しそうだった。けれど、理々沙ちゃんはその場で私が結婚することと、式が開かれることを聞いてしまったのだ。

理々沙ちゃんは当然のなりゆきで私の式に出たいと言った。でも、理々沙ちゃんだけを特別扱いするわけにはいかない。私は何とか理々沙ちゃんに分かってもらおうとしたのだけれど、彼女は泣いて癇癪《かんしゃく》を起こした挙げ句、雨の降る外に出てしまった。

理々沙ちゃんのご家族と手分けをして、理々沙ちゃんのことを懸命に捜した。濡れるのも構わずにあちこちを見て回って、ようやく公園で蹲《うずくま》っている彼女を見つけたのだ。

そうして理々沙ちゃんの癇癪は治まったのだけれど、雨に濡れた私の方が熱を出してしまった。そういえば私は身体を冷やすとすぐに熱を出したんだった、と遅れて思い出す。

「ケイちゃんは優しすぎるよ」

「……だって、理々沙ちゃんのことを捜すなら人手が必要だったから」

当たり前のことを言っただけなのに、光葉くんは緩く首を振って、呆れたように笑った。呆れてはいるのだけれど、私のこういうところを彼が愛してくれていることも分かっていた。熱で痛む喉を意識しながら、私は言う。

「ごめんね、採寸」

光葉くんがオーダーメイドで注文しようとしている紺色のドレスの採寸日は明日だった。今は技術が発展しているようで、採寸してサイズさえ分かってしまえばすぐにドレスを仕立てることが出来るらしい。逆に言えば、採寸しなければ何も仕立てられないということだ。

「いいんだよ、そんなの」

「光葉くんが楽しみにしてくれてたのに」

「いいから」

光葉くんが少し怒ったような顔をして、私の言葉を制する。そして、二人で使っている寝室から出ないようにと厳命した。身の回りのことは全て光葉くんがやってくれるとのことだった。

熱に浮かされながら、私は理々沙ちゃんのことを考えた。飛び出してしまった彼女を、私はちゃんと見つけることが出来た。ずっと館でケイジュとかくれんぼをしていたからだろうか。あの年頃の少女がどこを彷徨《さまよ》い、どこに逃げ込むかを完璧に想像することが出来た。

そうして実際に理々沙ちゃんを見つけることが出来た時には、達成感があった。これがケイジュとのことだったら、ここから私は彼女のことを苛《さいな》んでいただろう。けれどここは館ではなく、目の前にいるのは理々沙ちゃんだった。私は万力で手を潰すのではなく、彼女のことを優しく抱きしめた。

私が館を訪れていない時は、ケイジュの時間も止まっている。だから、こうして熱に喘《あえ》ぎながら彼女に想いを馳せても何の意味も無い。ケイジュの小さな身体を焼いた時のことを思い出した。彼女は髪が長いから、火が点くとそのまま全身に広がっていくのだ。

夢は見なかった。

そうして次に起きた時には、恐ろしい顔をした光葉くんが立っていた。

解熱剤ですっかり熱は下がっていたけれど、射貫くような光葉くんの目で体中が凍りつくようだった。私が何かを言うより先に、光葉くんが口を開く。

「……ケイちゃんの部屋のハードディスクから、小さい女の子に暴力を振るっている映像が出てきた。一つじゃない。何個も何十個もだ。あれは何？」

ざっと血の気が引いた。光葉くんの顔も引き攣《つ》っていて、私達がお互いに深手を負っていることが分かる。けれど、晒《さら》された私の方が致命傷だった。

私はケイジュとの狩りの記録を逐一ハードディスクに残していた。ケイジュをどこで見つけたか、ケイジュはどのように抵抗し、そのまま為《な》す術無く狩られていったかを事細かに記録しておいたのだ。

私はしばしばその映像を楽しみ、あの狩りの記憶を呼び起こすのに使っていた。それを見られたのだ。私はどうにか冷静な顔を作って、彼に尋ねる。

「どうしてハードディスクを見たの？」

「ケイちゃんが自分のライカスモデルを持ってるっていうから。……ドレス、ケイちゃんに完璧に合うものを仕立ててもらおうと思ったんだけど、採寸、無理だったし。正確なサイズが必要で、だから」

それで、ライカスモデルが入っていると思《おぼ》しき私のパソコンを漁り、ハードディスクの中身を見てしまったのだろう。私は全ての機器を掌紋認証で管理している。私が眠っている間に掌紋のコピーを取られたら、簡単にセキュリティーなんて突破されてしまうのだ。そのことに思い至らなかった私の方が悪いのかもしれない。けれど、差し当たって私は言った。

「光葉くんがやったことはよくないことだと思う。私のパソコンの中身を勝手に見ていいわけじゃないよね」

「別に、変なことをしようとしたわけじゃない。ライカスモデルを参照したかっただけなんだ」

「でも、ハードディスクの中身は見ちゃったんだよね。私のプライベートなものなのに」

私が強い口調で反論したことが意外だったのか、光葉くんはぐっと言葉を詰まらせた。言外に「お前にそんなことを言う資格があるのか」と言っているような顔だった。光葉くんからすれば、ここは私が釈明をする場面だったのだろう。けれど、私はその期待には応えない。

私が予想外の動きをしたからか、光葉くんはキッとこちらを睨みつけ、さっきより強い声で言った。

「そんなことより、あの映像は……何なんだよ」

「……私が、ライカスモデルとやったことの記録だけど」

「あんなの……あんなのおかしいだろ。小さな女の子を……一方的に蹴って……あんな風に……」

言っている光葉くんの顔色がどんどん悪くなっていく。その様子だと、映像を事細かにチェック出来たわけではないらしい。その先を見る勇気が光葉くんにはありそうになかった。彼の瞳には憤りの色も濃かったけれど、それと同時に恐怖もあった。

自分が毎日寝食を共にし、これから結婚しようとしている相手がまるで別人になってしまったような顔をしている。私は何も変わっていないし、これからも光葉くんに見せる部分は変わらないのに。

「あれは小さな女の子じゃなくて、私だよ。私のライカスモデル。ライカスモデルをあんな風に扱っているのも私だし、あれはただの遊びだよ」

「それじゃあ、本当にケイちゃんが……」

あんなに大量の映像がたまたま私のハードディスクに紛れ込むことはないというのに、光葉くんはそう言って口元を押さえた。そのまま、呻き声とも泣き声ともつかない声で言う。

「どうして……どうして、あんなことを……」

「……楽しかったからだよ。私は、ああするのが好きだった。でも、」

「お前みたいな人間が、普通の人間の顔をして子供達と接してたのか！　お前みたいな……お前みたいな、異常者が」

　光葉くんは心の底から軽蔑した様子で、まるで騙《だま》されていた被害者のような顔をして、私のことを見下ろしていた。

「あんなことをするのが好きだったのか。子供と接するのが好きだって言ってたじゃないか」

「……子供達にピアノを教えるのも、同じように好き」

「そんなわけないだろ！」

「そんなわけ、あるんだよ。光葉くんには好きな食べ物が沢山あるでしょ。それと同じだよ。カレーも林檎《りんご》も味は違うけど、好きなのは一緒でしょ」

　きっと、光葉くんには分からない。子供にピアノを教えたいと思うように、幸せそうな花嫁の鼻面を蹴り上げたいと思ってしまう気持ちが。光葉くんの為に魚を解す手が、ベッドの下に隠れた少女を焼き殺すことの意味が。同じだ。私の中にはどちらもある。

　それが不適切なことだと分かっていたから、私はケイジュだけにそれをぶつけていたのに。教え子の為に自分のプライベートの時間を割《さ》いて楽譜を作り、消火器の粉を掃除し、町内会の花壇に花を植えたのに。

　――別に構わないじゃないか。私はずっと、優しい人間だった。優しい人間として生きてきたのだ。たかが夢の城くらい、自分の好きにさせてくれても。

それとも、こう生まれついてしまった時点で真っ当な人間として生きることも、光葉くんからの愛も諦めなければいけないんだろうか？

「それは所詮、作り物だよ。事件になったみたいに、他人の意識モデルを使ったわけじゃない。私の……私の為だけのものだ」

「……作り物だとしても、慶樹から生まれたものなんだろ。これが目の前にいる慶樹とは別の慶樹だとしても、こんな酷い扱いをされてたら、悲しい」

光葉くんは不意にとても優しそうな声で言った。そうして優しい声を出すことで、私の身体がぱきりと割れて自分の知っている沖野慶樹が出てくると言わんばかりだった。思わず笑いそうになってしまう。そんなことは起こらないのに。

「今、酷い扱いを私にしているのは光葉くんだよ」

「はあ？」

「私から狩りを奪わないで」

光葉くんはそこでいよいよ不快さを隠そうともしなくなり、部屋に現れた異物のような目で私のことを見た。

「……もういい」

結婚式はどうなるの、という言葉を今言うべきか迷った。もう光葉くんが愛してくれた沖野慶樹はいなくなってしまったことが分かっていたから、敢えてそれを尋ねることの意味が分からなくなってしまっていたのもある。

　私がぼんやりと光葉くんのことを見つめていると、彼はそのまま私のダイブデバイスに手を伸ばした。

「何をするの？」

「この中にあの小さなケイジュがいるんだろ。俺が救ってくる。きっと傷ついてるはずだから」

「あれはただのデータだよ。作り物なの。私にとても似てる複製」

　そう言うと、光葉くんは不快そうに表情を歪《ゆが》めるばかりだった。もう聞きたくない、ということなのかもしれない。そのまま光葉くんは、顔の半分を覆《おお》うデバイスを着けて、館に向かってしまった。

　取り残された私は、光葉くんをぼんやりと見つめながら「あれは私の複製」と呟《つぶや》いた。

　光葉くんはそのことをちゃんと理解しているとは言い難い。あれは、私のもので、私の複製だ。光葉くんが嫌悪している私自身だ。なのに彼は、私を切り離して彼女を救えると思っている。

　なら、救ってあげればいい。ケイジュのことを。

　この世から承認され、遍《あまね》く人々から認められる、適切で正しい愛情を持ったあなたが、真っ当なやり方で助けてあげればいい。

私は光葉くんを見送る。

自分が狩られる側だとは微塵《みじん》も思っていない、私の婚約者ではなくなってしまったかもしれない人を見る。


紺色のドレスの裾を切り、ケイジュは歩き出す。

もう走り出す必要は無い。狩人に見つからないよう急いで隠れることはしなくていい。この狩りは初めから開かれていたのだ。ケイジュだけが狩られる側ではない。彼女もまた、狩る側であるのだ。

ケイジュは玄関ホールに辿《たど》り着くと、狩人の姿を見た。

狩人はケイジュの姿を見つけるなり、戦《おのの》いたような表情をしてこちらに駆け寄ってきた。今までのような武器は持っていないように見える。その異変を訝《いぶか》しく思うより先に、ケイジュは体勢を低くする。

ケイジュが持って来たのは、書斎にあった鉄製の火掻き棒だ。かつてケイジュの目を刺し貫いたものでもある。ケイジュは狩人の懐《ふところ》に入ると、思い切り狩人の腹部を殴った。

狩人が身体を折り、苦しげな呻き声を上げる。ケイジュはそのまま、狩人の頭を殴り潰してやろうと思ったところで、ケイジュの身体が床に叩きつけられた。狩人がケイジュを蹴り飛ばし、火掻き棒を奪おうとしている。

ケイジュは火掻き棒を持った手をがむしゃらに振り回し、狩人の身体を打つ。狩人は憎しみの籠もった猛《たけ》り声《ごえ》を上げた。その声はいつもとは違った響きで、目の前の狩人はいつもの狩人とは別種なのか、と一瞬思う。

だが、狩人は爛々《らんらん》と目を輝かせ、ケイジュのことを殴り続けていたので、これはいつもの狩人であると思い直した。狩人はこちらを狩ることを楽しんでいる。攻撃し、屈服させることに快感を覚えている。なら、それは狩人だ。

無視することの出来ない暴力性を宿し、こちらを狩る狩人だ。

なおも抵抗を続けるケイジュに対し、狩人は大きな手を伸ばして首を絞めてきた。気道を圧迫するというよりは、そのまま骨を折ってしまおうという力の掛け方だった。ケイジュの視界がぐらぐらぐらと揺れ、喉の奥に無視出来ない鉄の味が広がってくる。

ケイジュは火掻き棒を手放すと、ドレスに仕込んでおいたもう一つのものを取り出した。

——ドレスを裂くのに使っている暖炉の鉄柵を折ったものだ。お守りのように持っておいたそれを、狩人の喉に思い切り突き立てる。

狩人は咆哮《ほうこう》し、獣のように身を縮めた。ケイジュの喉が解放され、酷い耳鳴りと共に視界が戻ってくる。力が入らないながらも、ケイジュは何度も火掻き棒で狩人のことを打った。やがて、狩人の顔は赤黒い肉の塊になり、動かなくなる。

火掻き棒を手放すと、ケイジュの身体がふらついた。見下ろした狩人は、最早《もはや》恐ろしいものではなかった。その苦悶の叫びが耳に焼き付き、ケイジュの脳を繰り返し揺らした。恐ろしいほどの快感だった。

ケイジュの鼻と口から、ぼたぼたと赤い血が溢れてくる。そこでケイジュは、狩人にも自分と同じ赤い血が流れていることを意識した。

さて、これからどうしよう、とケイジュは思う。

ケイジュは狩人を殺し終えた後のことをまるで考えていなかった。全身は痛みに悲鳴を上げているし、視界はぼんやりと欠けたままで喉が食い千切られたかのように痛む。自分の寿命がそれほど長くないことは、もう既に察していた。

ケイジュは大階段をゆっくりと上がると、今まで入ったことのない部屋に向かった。館の部屋の中には、扉が開かないものも多い。けれど、今ケイジュが選んだ扉は、まるで彼女を待っていたかのようにすんなりと開いた。

暗い部屋の中には、ぼんやりと浮かび上がるグランドピアノがあった。ケイジュは一度も見たことがないものだったが、彼女はそれが何をする為のものか知っていた。

ケイジュはゆっくりとピアノに近づき、鍵盤に指を置いた。揉み合った際に折れてしまったのか、何本かの指は赤黒く腫れ上がり、あらぬ方向を向いている。無事だった親指に力を込めて、鍵盤を押し込んだ。

果たして、ピアノからは何の音も鳴らなかった。

ケイジュは一度だけ頷くと、グランドピアノの鍵盤蓋を閉じる。そして、そのまま床に座り込み、ピアノの脚に身体を預けた。

あとは目を閉じるだけだった。目を閉じて、自らの意思で暗闇に落ちていく。

痛_{つう}

妃_ひ

婚_{こん}

姻_{いん}

譚_{たん}

彼女らがまだ年若く伴侶を持たず、未《いま》だ姫と呼ばれるに相応《ふさわ》しい存在であっても一様に『痛妃』と称されるのは、彼女らが痛みの伴侶として見做《みな》されているからである。

石榴《ざくろ》の目の端に紅《べに》を入れて仕上げると、絢爛師《けんらんし》の孔雀《くじゃく》はゆっくりと石榴を立ち上がらせた。石榴は微睡《まどろ》みから目覚めたかのように目を開けて、鏡の中の自分をじっと見た。

今日の彼女は白と藍色を混ぜた落ち着いた色合いのドレスを身に纏《まと》っている。その分、襟元と袖にあしらわれた刺繡《ししゅう》は凝《こ》った意匠になっていて、今夜のドレスをけして地味なものに見せない工夫が為《な》されていた。

石榴の首筋には、彼女を痛妃たらしめる銀色の器具——『蜘蛛《くも》の糸』が埋め込まれている。孔雀はそれが無骨《ぶこつ》に映るのを良しとせず、鎖骨の辺りから首筋に掛けて小さな宝石を貼り付けている。こうすることで、石榴の首筋にはまるで星の海が走っているように見えるのだった。

「この宝石は見たことがない。この色合いは何？」

鎖骨に貼られた宝石の一つを見て、石榴はそう尋ねた。

「これは蛋白石《たんぱくせき》という。壁の向こうの火を噴く山から採れるらしい。珍しいものなので、大量に確保しておいた」
「火を噴く山から？　きっと沢山人が死んだな」
「ああ。これを採掘している最中に、十三人が死んだそうだ」
孔雀が言うと、石榴はくつくつと皮肉げに笑った。今夜の舞踏会が終わったら、使い終わった蛋白石は全て廃棄される。それに、石榴は同じドレスを二度着ない。痛妃の宿命ではあるものの、彼女らにどれだけの手が掛けられているかを思うと、孔雀は途方も無い気分にさせられる。

それでも、絢爛師たる彼の役割は痛妃を存分に飾り付けることなのだ。

やがて『城』全体に響き渡る大きな鐘の音が鳴ると、石榴と孔雀は連れだって舞踏会場へと向かった。今夜催されるこの舞踏会で、誰よりも美しく華麗であることが、痛妃に与えられた役目である。

舞踏会場には既に沢山の痛妃と招待客、それに痛妃に控える絢爛師が集まっていた。痛妃は誰もが個性豊かな美しいドレスを身に纏っている。痛妃がどのような装いになるかは、彼女らに付いた絢爛師の個性に拠ってくる為、ここまで種類豊かな女達が見られるのである。

だが、この中でもやはり石榴は際立っていた。石榴の豊かな黒髪と張りのある肌、見ているものを試すかのような挑戦的な瞳は、他の痛妃よりも数段強い存在感を放っている。石榴の顔立ちは過剰に整っている為、普通の装いであれば彼女の魅力を損なってしまう。だが、孔雀の手腕を以《もっ》てすれば、石榴の美しさに対抗が可能であった。

痛妃に求められるのは何よりもまず余裕である。自らの美しさに誇りを持ち、この世の遍《あまね》く不幸から一線を引いているかのような微笑《ほほえ》みを浮かべているのが優れた痛妃である。石榴はその理想を体現するかのように、緩慢な動作で皆の前に歩み出た。誰が今夜の主役であるかを思い知らせるかのような態度であった。招待客達は、あれがかの石榴かと溜息を吐《つ》いている。

他の痛妃達は石榴に萎縮し遠巻きに眺めるばかりだったが、たった一人だけ、果敢にも石榴の前へと躍り出てくる女の姿があった。

緑色のドレスを身に纏った美しい顔立ちの女——玉髄《ぎょくずい》という名の痛妃であった。玉髄は石榴に向かって、恭《うやうや》しく頭を下げた。

「こんばんは、石榴様。今夜も石榴様は美しくていらっしゃる。紅椿もきっとその胸に咲くでしょう」

そう言って、玉髄はにっこりと笑った。彼女の背後には、玉髄の絢爛師である小男が控えている。

石榴は玉髄のことを一瞥《いちべつ》すると、いつものように一礼だけを返して去って行く。これもまた、毎夜のことだ。

玉髄は石榴に次ぐ人気を誇る痛妃である。実力も外見も石榴より少し劣るとされているからか、玉髄は石榴のことを異常に敵視していた。こうして舞踏会の度ににこやかに話しかけてはくるものの、彼女には何度も陰湿な嫌がらせをされたことがある。ドレスだって、玉髄に何着駄目にされたことか。

それでも変わらず舞踏会での挨拶を欠かさないのは、これが玉髄から石榴への宣戦布告だからだろう。石榴はわざわざ彼女に言葉を返してやりはしないが、その宣戦布告だけは甘んじて受けている。

もう一度鐘が鳴れば、いよいよ舞踏会の本番である。客達は一斉に目当ての痛妃に向かって歩み出すと、手を差し出して共に踊ることを乞うた。

石榴の周りにも沢山の客が集まり、彼女に慈悲を乞うている。石榴はその内の一人を選ぶと、優雅に踊り始めた。

痛妃と客達が音楽に合わせて踊り始めると、会場内は一気に華やかな雰囲気に包まれる。色とりどりのドレスが廻り、この世に楽園を創り出して見せるのだ。

孔雀はこの様を幾度となく見ているが、それでも毎回その美しさに見惚《みと》れてしまう。この舞台の裏側を知っていてなおそう思うのだから、何も知らない人間が見れば、きっとここは極楽浄土だ。

石榴は次から次へと客を捌《さば》きながら、この上なく楽しそうに踊っていた。それを見ると、孔雀はたまらない気持ちにさせられる。彼女の首筋に埋め込まれた『蜘蛛の糸』が、シャンデリアの光を反射していた。

叫び声がしたのはその時だった。

「ぎぃいいいいい！　ああ、ああ、早く、早く出して！　出して！　ここからァ――あ゛ああ、痛い、痛いぃぃいいいい！　頭が、頭が割れ、あああああ！！！！」

声の主は涼しげな装いをした一人の痛妃だった。ドレープの入った水色のドレスは、健康的な肌の色をした彼女によく似合っている。だが、その装いも、苦しげに白目を剝《む》き、床に転げてしまえば台無しである。

「外《はず》してぇ！　い、痛い！　ごれ本当に痛いのぉ！　助けて、痛い、いたいいぃ！」

女は足をじたばたと動かし、首筋に埋め込まれた金属製の器具を外そうと試み、それが不可能だと知るやいなや、自らの頭を思い切り床へと叩きつけ始めた。彼女の額はすぐに割れ、纏っている水色のドレスに血の染みを散らしていく。

彼女の胸には、白い百合《ゆり》の花が挿さっていた。

ざわめきの中で「今日が初めてなのね」と誰かが囁《ささや》く。

すぐに絢爛師らしき男が、取り乱す女の傍に駆け寄ってきた。だが、男が何を言おうとも女は聞き入れようとせず、正気を失った馬のように暴れ続ける。絢爛師はそのまま呆然と座り込み、狂態を演じる自らの痛妃を眺めるだけになってしまった。

やがて、二人の許《もと》に幾人もの警備兵がやって来た。女は呆気《あっけ》なく捕らえられ、会場の外へと引きずられていく。絢爛師も両脇を摑《つか》まれながら、同じように連れ出されて行った。

彼らは助からないだろう。孔雀は彼らのことを酷《ひど》く憐《あわ》れに思ってしまった。

騒ぎの起こった舞踏会場にはざわめきが広がり、先ほどの優雅で壮麗な雰囲気は掻《か》き消えてしまっていた。こういった状況に慣れていない痛妃達は顔を蒼白に染め、今にも倒れてしまいそうだ。このままではいけない、と思った瞬間、中央に一人の痛妃が躍り出た。

藍色のドレスを纏った、石榴であった。

「勘違いなさらぬよう。今宵《こよい》はまだ終わっておりませぬ」

本来ならば、この舞踏会の支配人が発するべき言葉だ。だが、石榴ならばそれを言うことも許される。何故《なぜ》なら、この舞踏会場の中で、石榴が最も美しいからである。彼女は優雅な笑みを湛《たた》え、張りのある声で言った。

「さあ、この石榴を思うがまま味わいたい者は！　百夜《ひやくよ》通しを目前とする、至高の痛妃に触れたい者は！」

身なりのいい一人の男が歩み出て、石榴の前で一礼をする。それを見て石榴は心底楽しそうに笑い、礼を返した。

「痛妃石榴。一曲お願い出来ますかな」

「ええ、喜んで」

「今夜は一体何人をその身に？」

「百余人といったところです」

石榴は事もなげにそう答えると、男の手を引き軽やかに踊り始めた。重みのあるドレスを身に纏っているというのに、石榴の身体は重力すら感じさせず動く。ステップを踏み、まるでこちらを翻弄《ほんろう》するかのように彼女は舞う。何度も観たというのに、孔雀は毎夜新鮮に見惚れる。美しい。美しさとは、権力である。

その後も石榴は何人もの招待客の求めに応じ、会場の中心で踊った。他の痛妃や招待客は石榴に場所を譲り、彼女らの邪魔にならないようにせせこましく踊った。あの玉髄ですら、石榴を悔しそうに睨《にら》むばかりだ。この場は石榴のものであった。

舞踏会の終了を告げる鐘が鳴ると、支配人は紅い椿の花を持って石榴の許《もと》にやって来た。そして、恭しく彼女にそれを捧げる。石榴は一つ大きく頷《うなず》くと、紅椿を胸に挿すのだった。今夜の舞踏会の主役が彼女であったことを示す花だ。石榴が椿を受け取るのはこれで連続九十九回目である。あと一度で百回に届く。さすれば石榴がとうとう『百夜通し』の称号を受け取ることが出来る。

石榴は嬉しそうに微笑むと、今一度招待客に向かって礼を返した。

彼女が、水色のドレスを着た痛妃と同じだけの痛みを感じていたとは、到底信じられない優雅さであった。

『城』の自らの部屋に戻り、孔雀の張った湯船に浸かると、石榴は満足そうな声を漏らした。今や彼女は重いドレスも豪奢《ごうしゃ》な装飾も身につけてはいなかったが、それでも彼女は輝かんばかりの美しさを誇っていた。

「頭を裂かれ頭蓋を割られる痛みは、一番躓《つまず》きやすいところよ。今までに体験したことのない痛みが、頂点から爪先まで全身の骨を貫く。けれど、開頭手術は珍しくないし重なりやすいから、それはもう地獄を見ることになる」

彼女が話しているのは、舞踏会で狂乱に陥ったあの痛妃の話だった。孔雀は彼女が話したい話を聞くのが役目であるので、湯船の傍に置かれた小さな椅子に座り、仕事をこなしながら相《あい》槌《づち》を打っていた。

「『蜘蛛の糸』を装着された時に、耐用実験は行われたはずなのに。どうしてあんなことになったのかしらね」

「舞踏会で感じる痛みと実験で感じる痛みの質は変わってくるんじゃないのか」

「確かにそうね。その通り」

石榴は懐かしむような目で言った。きっと、自らの初陣《ういじん》を思い出しているのだろう。

「お前は何をしているの？　孔雀」

「瑠璃《るり》を掘らせに行っている一団と連絡を取っている。連中、早く帰りたがって瑠璃が三十キロしか採れないと嘘を吐いている。百は無いと話にならない。絶対に譲らない」

「瑠璃？　何に使うの？」

「君の目の上に塗っているのも、爪を染めているのも、全部瑠璃だ。青を基調としたテーマの時は、瑠璃はいくら在っても足りない。靴の色合いが気に入らない時は、僕が手ずから染めることにもなるし」

絢爛師はどれだけの費用を使っても許されることになっている。それが石榴の絢爛師であるとなれば尚更だ。孔雀はここに来てから、自らの一生を何度も賄《まかな》えるだけの大金を使っている。それも、一人の女を着飾らせる為だけに。

「それにしてもいいお湯だ。気持ちがいい」

「それはよかった」

「壁の向こうとこちらでは百年違う異世界よ。いつまでも熱い湯船に浸かれるのなら、痛妃の役目も悪くはない」

そう言って、石榴は楽しそうに笑った。確かに、孔雀達が暮らしていた村ではこんな風呂は想像すら出来ず、誰かが火加減を見ていなければならなかった。この湯船も目映《まばゆ》い電灯も、孔雀にとっては魔法に等しい。

だが、だからといって痛妃としての生活を『悪くはない』などと孔雀は言えない。この世の地獄はここにある。城に来てすぐに、孔雀はそれを思い知ったのだ。

病院の裏に絢爛な舞踏会場を備えた『城』が併設されるようになってから、永い年月が過ぎた。

とはいえ、正確なことはよく知らない。孔雀も人伝《ひとづて》に聞いただけの話だからだ。

事の始まりは人間の感じる痛みを電気信号に変換し、余所《よそ》に送る『蜘蛛の糸』という技術が開発された日に遡《さかのぼ》る。

人間の首筋に特殊な器具――本来はこの器具を『蜘蛛の糸』と呼ぶ――人間を痛みという名の地獄から救い出すものだからである――を埋め込み、その人間が感じた痛みをスウッと変換して身体の外に出す、そういう技術だ。

痛みとは厄介《やっかい》なものである。これが無ければ、確かに人間は危険や異常を察知出来なかったかもしれない。

だが、身体の中に出来た腫瘍《しゅよう》を取り出す時、肩に埋まった銃弾を取り除く時、脳の中に巣くう血溜まりを抜く時にも、痛みは平等に人間を襲った。どれだけ医療技術が発達しても、人間から痛みを除く技術だけは開発されず、治療を受けた患者達は病《やまい》よりもむしろその痛みによって亡くなることが多かった。

そこに出てきたのが『蜘蛛の糸』である。

元来痛みに苦しめられていた人間は、これにより痛みという名の悩ましい『友』から半分だけ解放されることとなった。

そう。あくまで半分でしかない。ある意味では、本当に解放されたかも怪しい。

人の身体から痛みを吸い出し、変換したところまではよかった。

当初の予定では、変換された痛みはどこかに放出するか、あるいは機械の中で発散させる予定だったそうだ。

だが、それは不可能だった。奇妙なことに、痛みを吸い出され、発散されただけの患者達は、全員昏睡状態に陥り二度と目覚めなかった。感じたはずの痛みを無かったことにすることは、脳という名のブラックボックスに大きな負担を掛けてしまうようなのだ。

この発見は人々を大いに落胆させた。人間を痛みという名の地獄から解放してくれる『蜘蛛の糸』は、触れれば切れる泡沫《ほうまつ》の救いでしかなかった。地獄からの完全な脱却を期待していた人々は、この結果に怒りを覚えるほどだった。

だが、『蜘蛛の糸』は完全に切れてしまったわけではなかった。糸には結ぶ先が必要だった。救いを求める人々を、引き揚げる誰かの存在が。

程なくして——『蜘蛛の糸』の開発者は、とある実験結果を発表した。痛みを受け渡す先があれば、患者は昏睡状態に陥らないのだ。

Aから空へではなく、AからBへと受け渡すことで『蜘蛛の糸』は適切に機能する。

「痛みを取り除いた後に、もう一方の被験者に移すことによって、患者の昏睡状態を避けることが可能である。患者は痛みなく治療を受けることが可能であり、苦痛を受けることはない」

ここでいう被験者に当たる存在が――後の痛妃である。

患者は首筋に取り付けた『蜘蛛の糸』により、痛みを電気信号に変換する。そうして変換された痛みは、高周波帯の電波を通じて被験者――痛妃の首の裏に取り付けられた『蜘蛛の糸』へと送られる。こうすることで、臣下の感じるはずであった痛みは、代わりに痛妃が肩代わりすることになる。

痛みの受け渡し先を設定するという方法は、当初は大きな反発を呼んだ。非人道的であり、結局はもう一人を犠牲にするだけではないかと。

だが、開発者は思いも寄らぬ方法でそれらに反論した。

「ここに『蜘蛛の糸』実用実験に協力してくれた女性がいる」

そう言って開発者が皆の前に出してきたのは、首筋に『蜘蛛の糸』を取り付けた世にも美しい女性であった。女性は世にも美しい純白のドレスを身に纏い、頭上には銀の冠を戴いていた。

彼女が、最初の痛妃――不夜《ふや》であった。

「彼女は今、中央病院に収容されている患者二十八人の痛みを肩代わりしているが、こうして無事である。痛みは受け渡しの際に減衰され、こうして容易に耐えられるものに留まる」

開発者が「不夜」と名を呼ぶと、不夜は穏やかな笑みを浮かべて一礼し、ゆっくりと周りの人間に挨拶回りを始めた。彼女は全く苦しみを覚えているようには思えず、純白のドレスを纏いながら人々の間を縫う様は蝶のようであった。

「ほんの少しの苦痛を肩代わりする心優しい人間がいることで、多くの人間が無痛で治療を受けることが出来るのです。これを活用せずしてどうします？」

開発者が言った。不夜は彼にぴとりと吸い付き、絡むように腕を回した。

不夜はその後も『蜘蛛の糸』で人の痛みを肩代わりしながら、開発者と共にパフォーマンスをし続けたという。

不夜があまりにも幸福そうであったからか――それとも、命を永らえさせる為に治療の痛みに耐えなければならない現実に嫌気が差したのか――『蜘蛛の糸』は徐々に肯定され、肩代わりをする痛妃が生まれ――今に至る。

「痛妃が美しく飾り立てられるのは、彼女らが不幸に見えないように、痛妃を利用する人々が罪悪感を覚えないように、だ。痛妃が普通の人々よりも豪奢な生活をし、この世のものとは思えない絢爛な装いをして舞踏会を楽しむことで、痛妃という役目がそれほど悲惨なものではないと知らしめる為だ。俺達は偽善を創り出している」

孔雀に『蜘蛛の糸』の歴史を教えてくれた先輩の絢爛師が言った。彼には妙な訛《なま》りがあり、注意深く聞かなければ何を言っているのかよく分からないほどだった。

「『蜘蛛の糸』が先進的な技術であったから、不夜があまりにも美しく幸福に見えたから、理由は色々あるだろうが、俺はそれだけじゃないと思っている」

「どういう意味ですか？」

「痛妃があれだけ美しいのは、人知れず地獄の痛みに耐えているからだ——そこに皆《み》んなが気づいたんじゃないかと、そう思うんだよ。痛妃が惨めに見えないよう、最大限幸福に見えるよう、手を尽くして彼女らを飾り立てる絢爛師なんてもんを付けた辺りから、ホントウの目的っちゅうのが変わったんじゃないかって……」

彼は遠い目をしながら、歌うように言った。

「不夜はどうなったんですか」

「開発者の伴侶になったたって話もあるが——どうせ不夜も、全ての痛妃がなるようになったんだろう。狂い死にさ」

その先輩絢爛師も、数日後には城から消えていた。今となっては、懐かしい話である。

絢爛師となった今は、開発者の話には嘘が含まれていることが分かる。送られていく際にある程度の減衰はあるものの、基本的に痛妃の覚える痛みは臣下の覚える痛みに等しい。痛妃がこの役目を全うするのは心優しいからではなく、一度引き受けたら二度と戻れないからである。それでもこの仕組みが無くならないのは、痛妃がいなければ日に何百人もが痛みに苦しむからである。

多数決の論理だ。痛妃一人の絶叫は、何百人の絶叫には敵わない。

そして今日も、絢爛師によって着飾られ、ほんの少しの善意により〝痛みという名の贈り物〟を賜《たまわ》る痛妃達は、最初の一人の不夜のように、痛みなど知らぬ振りをして舞い続けるのだ。

孔雀は――それがいけないことだと分かっていながらも、自分達が痛妃と絢爛師ではなく、ただの幼馴染《おさななじみ》であった頃のことを覚えている。

石榴は村で一番美しく賢い女の子として有名で、将来はこの村を出て金持ちと結婚するのだろうと噂されていた。孔雀もその噂を広めるのに加担した一人だった。

孔雀は裁縫と染め物が好きな目立たない少年で、石榴の他に話しかけてくれる者はいない嫌われ者であった。内向的な孔雀が石榴に構われている、ということも、周りの反感を買ったのだろう。だが、孔雀はそれでも幸せだった。石榴が隣にいてくれるからだ。

幼馴染であるというだけで仲良くしてくれている彼女は、いずれは自分から離れるだろう、きっと自分には想像もつかない金持ちと添い遂げるのだろう。一緒に冷えた瓜を食べながら、戒《いまし》めのようにそう思っていたのだ。

「何薄ら笑ってるの。気持ち悪い」

石榴はその後に、孔雀ではない自分の名前を呼んだ。今となっては懐かしく、意味の無い単語だ。石榴も、その時は石榴という名前ではなかった。

将来のことを考えていた、と正直に言うと、石榴はますます不満げな顔で唇を尖《とが》らせた。その顔には既にぞっとするような美しさが宿っており、こちらの魂に張った薄皮を剝《は》いでくるかのようだった。

「……将来なんか考えても仕方ない。こんな場所で」

「僕はそうかもしれないけど――」

「私は違うって？　あんたまでくだらない話しないで」

石榴はそう言うと、不快そうに顔を歪《ゆが》めた。孔雀は何故石榴が気分を害した様子なのかも、彼女が何を思っているかも、何も理解出来ず、石榴を怒らせてしまった我が身を恥じ入るばかりだった。石榴といると、恥ずかしくなるばかりだ。

だが、孔雀は自分が石榴とまだしばらくは一緒に居られると思っていた。いつか彼女はここではない場所で脚光を浴びるだろう。だが、それまでは自分は石榴の幼馴染である。彼女の美しさと気高さにすぐ傍で驚嘆する光栄を与えられた者である。

だが、孔雀の思い違いはすぐに正されることとなった。

この会話から程なくして、石榴が痛妃として召し抱えられることになったのだ。

村の人間は石榴の美しさを素直に語り過ぎていた。だから、こうして目を付けられてしまったのだろう。痛妃の第一の条件は美しいことだ。悲惨さから遠く離れ、幸福から愛されているような圧倒的な美。痛みに強い――あるいは強くならざるを得ない人間はいくらでもいるが、美しい人間はそういない。

断る選択肢は無いに等しかった。少しの痛みに耐えて人に尽くす聖なるお務めを断れば村ごと誹《そし》られる。家も不幸になる。だが、痛妃となることを了承すれば、村にも家にも多額の金が入る。

それに片田舎の村にとって、痛妃は地獄の苦しみを味わわされる人身御供《ひとみごくう》ではなく、美貌によって選ばれ絢爛豪華な生活をする成功者だったのだ。あの村に石榴を引き留める人間はいなかった。

三日ほど悩んでから、石榴は痛妃となることを決め、村は盛大に石榴のことを送り出した。石榴が乗せられた馬車は遅く、必死に走れば孔雀の足でも追いつくことが出来た。追いついた孔雀は馬車にしがみ付き、引きずられて血の轍《わだち》を残しながら嘆願した。

「彼女と一緒に連れて行って頂けませんか？　雑用でも何でもします。お願いします！」

体中が上げている悲鳴を掻き消すように、必死に声を張った。迎えの者や御者がどうしたものかと顔を見合わせている間、石榴だけが揺れる瞳で孔雀のことを見つめていた。しばしの話し合いの結果、血塗《ちまみ》れの孔雀は馬車に乗せられ「今日からは孔雀と名乗るように」と言い渡された。

「そして、彼女は石榴だ」

「石榴……」

「お前はもう村には戻れない。だがいいな。お前は絢爛師になるんだ」

訳も分からず孔雀は頷いた。石榴と共に居られるのなら、何だって構わなかった。

孔雀は絢爛師という職業も、絢爛師が痛妃に何をするのかすらも知らなかったのだ。

城に着いたあの日から――痛妃と絢爛師の何たるかを報《しら》されてから――孔雀は石榴の為に身を粉《こ》にして働いた。最初の舞踏会を終えた後、胸に白い百合を挿した石榴は部屋で延々と胃液を吐き続けた。孔雀の拙《つたな》い化粧技術では隠しきれないほど石榴の顔色は悪く、石榴の両手の指の間には、引き抜かれた髪の毛が何重にも絡まっていた。

それでも、石榴は舞踏会を台無しにはしなかった。デビュタントを求める招待客に応じ、何曲も踊ってみせた。

凄惨な有様《ありさま》に孔雀の方が泣いてしまった。あまりの苦しさに唇を噛《か》みしめ血が噴き出したが、石榴の身体に受け渡された痛みと比べれば児戯《じぎ》のようなものである。孔雀に出来ることは、石榴の背を怖々《こわごわ》とさすることだけだった。

その時、不意に石榴が呟《つぶや》いた。

「…………百夜……」

「え？」

「百夜通して紅椿を貰った痛妃は、栄《は》えある百夜通しと称されお役御免となる……」

石榴の顔は未《いま》だに蒼白だったが、目には意志の強い光が宿っていた。

「百夜通しの痛妃は、城を出て行く権利を得る」

「それは本当なの？」

「支配人がそう言った。同じ痛妃が首位に立ち続けていれば、客も飽きる。……そうならぬ為の配慮だと……」

そう言って、石榴がまた胃液を吐いた。血がぽつりぽつりと滲《にじ》んでいた。

「私は百夜通しの女王になる。そして、ここを出る」

その時、孔雀は自らが何をしなければならないかをはっきりと理解した。涙を拭い、孔雀も応じる。

「僕は当代一の絢爛師となる。そして君をきっと、百夜通しに」

石榴が大きく頷いた。それから、石榴と孔雀の長い夜が始まった。


石榴を最も美しい痛妃にする為に、孔雀は出来うる全てのことをやった。石榴を美しく映えさせる化粧のやり方を学び、血が滲むほど練習を重ねた。石榴の身に纏うドレスは、孔雀が手ずから作るようになった。城の中で地道に伝手《つて》を広げ、時には賄賂《わいろ》や脅迫を用いながら、最高の布地や化粧品を用意出来るよう奔走《ほんそう》した。壁の外まで人脈を広げた絢爛師は、孔雀以外いないだろう。

孔雀は必死であり、貪欲《どんよく》であった。彼の全ては石榴の為にあった。石榴は孔雀を言葉で労《ねぎら》うことはなかったが、全霊を以て孔雀の努力に報いた。石榴はすぐに舞踏会で頭角を現し始めた。

まだ痛妃になったばかりだというのに、石榴は人よりも多くの臣下を抱え——人よりも多くの痛みを引き受けた上で、舞踏会に出た。

その上、石榴の纏っている純白のドレスは精緻な工夫の凝らされた美しいものである。自信に満ち溢《あふ》れた石榴の姿は、その場の全員の目を引いた。

その夜、石榴は初めての紅椿を与えられた。それから、一夜たりともそれを譲ったことはない。

百夜通しの懸かった最後の舞踏会で、孔雀は石榴にまず黒のドレスを着せた。露出を限りなく抑えた、まるで喪服のようなドレスである。途中の衣装替えで華やかな色を用いる予定なので、最初は落ち着いた色を纏った石榴を見せたかった。

「美しい」

孔雀はまるで独り言のように言った。それに対し、石榴も淡々と応じる。

「当たり前だ。私は百夜通しを成し遂げる痛妃なのだから」

髪を結い上げ、首元の『蜘蛛の糸』を見せつけるようにしている石榴は、今までよりも一層美しかった。石榴は目の端に引かれた一筋の紅をじっと見つめた後、立ち上がる。孔雀もそれに合わせてゆっくりと立ち上がった。

これから、孔雀と石榴の最後の夜が始まるのだ。

「今夜も変わらずお美しいこと。その姿が今日限りというのは何とも惜しいものですね」

舞踏会場に足を踏み入れると、貼り付けたような笑みを浮かべた玉髄に話しかけられた。石榴は彼女を一瞥すると、一礼だけして去って行く。玉髄とも今夜きりだ。最早《もはや》石榴の眼中にはない。

そんな石榴を、玉髄はじっと――何とも言えない目で見つめていた。いつものように憎しみが主ではあるものの、どことなく親しみや――憐れみすら感じさせるような、奇妙な目だ。

それを見た瞬間、孔雀の背に悪寒が走った。何か分からないが、途方もないほど嫌な予感がした。いくら石榴が憎かろうと、石榴は今日でお役御免である。それ以降の舞踏会は玉髄の天下だ。

さて、この女がそれを我が世の春と捉えるだろうか。石榴を異様に敵視していた、この女が？

孔雀は襲い来る不安に怯《おび》えた。だが、鐘が鳴れば舞踏会が始まる。そうなれば、もう誰一人止められない。

今夜も紅椿を挿すのは石榴だと誰もが疑っていなかった為、彼女の周りには最後のダンスを求める客が殺到していた。石榴は一人一人に丁重に礼を言うと、いつものように麗《うるわ》しく舞い始めた。曲に合わせて、軽やかにステップを踏む。

だからだろう。孔雀以外は、石榴の異変には気づけなかった。

石榴はいつものように踊っているが、明らかに動きにキレが無い。孔雀の目には、彼女が今にも転んでしまいそうに見えた。笑顔を保ってはいるものの、口の端には引き攣《つ》りが、そして額には汗が浮いていた。普段の石榴ならあり得ないことだ。

最後の夜だから気を抜いている——なんてことは、石榴に限ってあり得ない。今日彼女が引き受けているのは九十八人分の痛みであるはずで、普段より飛び抜けて多いわけではない。酷い痛みを伴う治療が集中している？　神経を鑢《やすり》にかけられるような治療が重なった時ですら、彼女は涼しい顔をしていた。

何かが起きている、と孔雀は思った。だが、それが何かまるで見当が付かなかった。

石榴がいかに危なっかしかったとしても、衣装替えと化粧直しの時間が来るまで、絢爛師に出来ることは何も無い。

玉髄は求めに応じて踊りつつ、何故か頻《しき》りに石榴の様子を窺《うかが》っていた。そして、石榴が問題なく踊っているのを見ると、忌々《いまいま》しそうに目を逸《そ》らすのだった。間違いなく、玉髄は石榴に何かをしていた。

孔雀は咄嗟《とっさ》に玉髄の絢爛師の姿を捜した。いつも玉髄の近くをうろうろしているあの男の姿が無い。ごった返す客達の間を掻き分け、孔雀は男を捜した。

果たして、男は舞踏会場の出入り口で見つかった。うろうろと会場内の様子を窺っては、忙《せわ》しなく辺りを見回している。顔にはたっぷりと汗を掻いていて、平静でないことだけが窺えた。

男はそのままゆっくりと城の方へと歩き出した。自らの痛妃が舞踏会に出ているというのに、一体何をしに行くのだろうか？　孔雀は嫌な予感と得《え》も言われぬ恐怖を押さえつけ、気づかれないよう細心の注意を払って彼の後を追った。

華やかな舞踏会を離れ城へと戻る男のことを、孔雀以外の誰一人として気にしていないようだった。男は城の奥まった——何に使われているかも分からない棟へと進んでいった。

こうした人に知られていない場所が城にあること、それを玉髄と絢爛師が好きに利用しているらしいことには驚かなかった。孔雀も孔雀で石榴の為に色々と融通を利かせて貰っている身だ。だが、このような人目に付かない部屋を、一体何に使うというのか。

やがて男は一つの扉の前に立ち、深い溜息を吐いてから中に入って行った。扉は大きく開け放たれており、覗き込むことが可能だった。不用心な、と思いながら、孔雀は中を覗いた。

中には数人の男女と玉髄の絢爛師、そして椅子に座らされた男——らしきものが居た。

らしきもの、と言ったのは、椅子に座らされた男は、最早人間の形をしていなかったからだ。

潰された両目からは血の涙を流し、鼻はとうに削《そ》がれ、器具で無理矢理開かされた口には歯が一本も無い。右手は釘が何本も打たれ剣山のようになっており、左手は鑢によって磨《す》り潰されていた。両脚は既に炭と化し、椅子の下には血溜まりが出来ている。男はもうまともに動くことすら叶わないだろう、がくがくと震えるばかりだった。扉を大きく開け放っていたのは、不用心だからじゃない。中の臭気に耐えかねたからだ。

そんな有様を見てもなお周りの人間は満足しておらず、目の前の男をこれ以上痛めつけるにはどうしたらいいかを考えているようだった。そうして、傍《かたわ》らの女が電極を取り出し、血の池と化した口から突き出る舌にそれを刺したところで、孔雀はバッと身を引いた。心臓がうるさく鳴って、飛び出してしまいそうだった。

肉塊《にくかい》となった男の首筋には、間違いなく『蜘蛛の糸』が付けられていた。となればあれは――あれは痛妃によって救われるべき、臣下であるはずだ。

「信じられない」

震える声で、孔雀は呟く。あまりに惨《むご》い。酷すぎる。

――石榴を敗北させる為だけに、臣下に拷問《ごうもん》を施すとは。

玉髄は想像を絶する執念で以て、石榴の首を獲りにきている。あの痛妃は、人の尊厳すら自らへの賜り物としてしまった。

あまりのことに、孔雀は涙が出そうになった。あの憐れな男のことを救ってやりたかったが、あれではもう助かるまい。あれはもう人間ではない。

恐ろしいのは、あの男が全く痛みを感じていないことだ。震えていたのは単なる肉体的な反射でしかない。地獄を身に宿しているのは――あの想像を絶する痛みに耐えているのは、石榴だ。

孔雀は自らの名に宛《あて》がわれた鳥のように、大声で叫びたかった。だが、そうすれば彼らに孔雀までもが捕らえられてしまう。そうしたら、石榴に真実を伝えることも出来ない。それに、絢爛師を失った石榴はどうなる。ただでさえ辛《つら》そうな様子であったのに、孔雀がいなくなれば――確実に彼女は敗《ま》ける。

戻らなければ。絢爛師として、孔雀に出来ることはそれしかなかった。足を縺《もつ》れさせながら、孔雀は走った。大広間からは、痛妃の舞に贈られた喝采が聞こえた。

「どこへ行っていたの!?」

控え室に着くと、石榴は厳しい声で言った。それはまるで見捨てられた子供の悲痛な泣き声のようですらあった。普段の石榴なら、誇り高い痛みの妃であれば、絶対に上げないような声だ。さっきの切り刻まれ磨り潰された肉塊が頭を過《よぎ》る。孔雀はその場に頽《くずお》れ、頭《こうべ》を垂れながら言った。

「石榴。この戦いは仕組まれてたんだ。全くフェアじゃない！　石榴、今すぐ降りよう。僕が、玉髄の嘘を暴く。仕切り直しだ。今夜は……」

この場合、果たしてどうなるのだろうか、と孔雀は一瞬危ぶむ。仕切り直せば、石榴の百夜通しは無くなるのだろうか。考えれば考えるほど、そうとしか思えなくなってくる。そうでなければ、玉髄があんなことをしてまで、今宵の女王を獲りにくるとは思えなかった。

石榴はどこまでもゆっくりと、孔雀の方へと歩み寄ってきた。そして、傍らに静かに膝をつき、じっと孔雀の方を見る。彼女もまた、百夜通しのことを考えているに違いなかった。石榴が、地を這うほどに低い声で言った。

「あの女も、この一夜に懸けている……」

孔雀はハッと顔を上げた。石榴は薄く微笑むと、背筋を伸ばして立ち上がった。

「化粧を直して。舞踏会はまだ終わってない。汗が滲んだのはよくないな。気を付ける。早く」

孔雀は躊躇《ためら》った。石榴は明らかに憔悴《しょうすい》しており、踊ることはおろか立つことすらままならないようだった。この顔色の悪さを化粧で誤魔化したところで、耐えられるかどうか。

「私は平気だ。玉髄などに負けはしない。紅椿は私のものだ。私は、今夜もこの舞踏会場で最も誇り高く咲く華であろう」

そう言われれば、孔雀は化粧筆を取るしかなかった。絢爛師が苦しい職業であることを――痛妃を愛せば地獄へと堕《お》ちる職業であることを、これほどまでに実感したことはなかった。痛妃は痛みの伴侶である。彼女らを愛してはならない。

苦しくてたまらなかった。これだけ苦しくとも、孔雀は石榴の感じている痛みの十分の一すら与えられることはないのだ。

汗を慎重に拭い、皮脂の浮いた肌に粉を叩く。その上から頬紅を入れると、石榴の顔色は大分改善された。だが、彼女の目は虚《うつ》ろで、生気と呼べるものがまるで無い。彼女が二、三度咳き込むと、口の中から割れた奥歯の欠片《かけら》がいくつも出てきた。限界だった。

触れれば壊れてしまいそうな状態であるのに、石榴は一層美しかった。今もなおあの部屋では拷問が続いており、石榴にはその痛みが送られてきている。もしかすると、ああして人身御供となっているのは一人だけではないかもしれない。その上、通常の臣下の痛みも、石榴は引き受けている。

痛妃でなければ、人は一人分の痛みしか味わえない。そのことが救いと感じられていた。この身に宿せるのは、一人分の地獄だけなのだと。だが絢爛師とは、痛妃でなくとも他人の痛みを引き受けることの出来る存在であるのかもしれない。孔雀は浅ましくもそう願う。

「石榴。衣装替えには、赤を用意した。知っているだろう。ごく限られた場所にしか咲かない雪椿の処女花だけを使った紅い染料を使っている。作るのには三年が必要だった。君によく似合うはずだ。君に贈ることが出来る、最高のものを用意した」

「三年……随分前だな」

「その頃から、僕は君が百夜通しを成し遂げると信じていた。君は最高の痛妃なのだから。誰にも負けるはずがない」

孔雀は自らの心に刻みつけるかのように、声を絞り出す。ややあって、石榴が言った。

「当然だ。私は貴方《あなた》の痛妃なのだから」


赤のドレスを身に纏った石榴が再び現れると、場はしんと静まり返った。全ての音が石榴の纏った深紅に吸い込まれてしまったかのようだ。

石榴は汗一つ掻くことなく、優雅に――そして優しく微笑んでいる。誰一人彼女から目が逸らせず、息をすることすら躊躇っているようだった。玉髄ですら、石榴の姿に目を奪われているようだった。

その身に地獄を宿してなお、石榴は凪《な》いだ湖面のように静かなのだった。傍らにいる孔雀も、まるで動かない。

そうして自身の存在感を周りに知らしめた後、石榴はゆっくりと自らの背後を――孔雀のことを振り返った。そして、彼の手を丁重に取る。

「私と踊れ、孔雀」

「それは――」

「私が全てに耐える為に。この身の地獄を夢とする為に」

そう言って石榴が呼んだのは、孔雀ではない孔雀の名前だった。

孔雀は覚悟を決め、石榴へと一歩足を踏み出した。

絢爛師として、孔雀は石榴に与えられるものを全て差し出した。そして今差し出すのは、自分である。

孔雀こそが、石榴への最後の贈り物なのだ。

中央に躍り出た石榴と孔雀は、ごく緩やかに踊り始めた。絢爛師である孔雀は踊った経験など無いに等しい。だが、石榴と孔雀はまるで一つの生き物のように、優雅に舞った。

孔雀の指に自らの指を絡め、優しく微笑む石榴はこの上なく穏やかで幸せそうに見えた。痛みはおろか、この世のありとあらゆる不幸から解き放たれたかのような顔だ。孔雀は一瞬、椅子に縛り付けられ拷問を加えられている男など存在しないのではないかと錯覚した。そうでなければ、石榴がこんな笑みを浮かべられるはずがない。

孔雀の施した化粧で、孔雀の仕立てたドレスで、孔雀の用意した靴で、石榴が舞う。痛妃と踊る絢爛師など前代未聞だ。聞いたことがない。

すぐに止められるだろうと思っていたのに、誰一人として石榴と孔雀の踊りを止めようとしなかった。それは、孔雀が石榴の付属品に過ぎなかったからだろう。踊っている内に、孔雀もそう思うようになった。自分は石榴のものだ。この魂から、踊る爪先に至るまで、全てが彼女の為にある。

何曲も何曲も――石榴は飽きることなく、疲れすら感じさせずに孔雀と踊り続けた。最後の一曲を踊り終えた頃には、孔雀の方が倒れ込んでしまいそうだった。鐘の音まで遠く聞こえる。

石榴はずっと絡めていた指を解くと、客達に向かって優雅に一礼をした。途端に、石榴へと割れんばかりの拍手が贈られる。こんな賞賛が痛妃に与えられるのは初めてであった。

支配人がゆっくりと歩み寄ってきて、石榴の胸に紅椿を挿す。深紅のドレスに、紅椿はとてもよく似合っていた。石榴が震える手で紅椿に触れる。

「孔雀、私はやった。成し遂げたんだ。この百夜を、お前と、貴方と、」

その瞬間、石榴の身体が大きく揺れた。支える間もなく、石榴が床に頽れる。

「石榴――！」

孔雀が助け起こした時にはもう、石榴の目から光が失われていた。石榴はもう世界と繋《つな》がっておらず、指は『蜘蛛の糸』を必死に引っ掻くばかりだ。石榴の声が――石榴が石榴となる前の彼女の声が、孔雀の鼓膜《こまく》を揺らした。

「――私は――私は、貴方と――結婚したい。痛妃でなくなったら――……痛みの伴侶でなくなったら――貴方と、お願い――私を、貴方の、妻に――……」

途切れ途切れの言葉であっても、その思いはしっかりと孔雀に伝わっていた。涙が止められず、石榴の姿がよく見えなかった。孔雀は動かなくなってしまった石榴の唇に口づけをする。

痛妃が肩代わりした痛みを、絢爛師は感じることが出来ない。だが、孔雀の唇はまるで火で炙《あぶ》られたかのような痛みを覚えた。それが、孔雀の肩代わりすることの出来た、唯一の痛みであった。

『金魚姫の物語』

『雨が降り始めたから、モデルになってあげてもいい』

簡潔なメッセージを読んだ時、僕は遥原憂《はるばらうい》の身に何が起こったかを理解した。

外は天使が飛んでいてもおかしくないような出来すぎた晴天だったし、憂は天気なんて気にしない人間だった。

憂の許《もと》に行くまでに、准《じゅん》は白く溶けた肉塊《にくかい》が道を這っているのを見かけた。一ヶ月に一度見るか見ないかの頻度だったのに、どうしてこのタイミングで見かけてしまったのだろうか。それは誂《あつら》えられた予兆だった。映画の冒頭なんかで、登場人物の行く末を示唆するような意味深なカットが挿入される、あれだ。

尤《もっと》もこの場において、あの白い塊は『示唆』と呼べるようなものでもない。そう言うにはあまりに直接的すぎる。

男なのか女なのかも分からない肉塊は、元から大分体格が良かったのだろう。体積が今の准の三倍はある。白くふやけた顔の中に目も鼻も埋もれてしまい、大きく開いた口内の黒と、纏《まと》った紺色の布だけが、肉塊を辛うじて水死体から遠ざけてくれていた。

這う度に、ふやけた身体《からだ》が擦《こす》れて傷ついているのだろう。通った後には赤の混じった液体でずるずると彼——あるいは彼女——の軌跡が描かれている。きっと、もう長くない。

それでも、肉塊は動いている。這うスピードこそ遅いが、着実に前に進んではいるのだ。爪を全て失ったぶよぶよの手が、前へ前へと伸ばされる。一体どこに行こうとしているのだろう。家族はいないのだろうか。今までどうしていたんだろうか。何もかも分からないが、きっと目的を果たせずに死ぬだろう、と思った。

肉塊の上には、今もなお雨が降り続けている。雨粒が肌を伝うと涙のように見えるのではないかと思ったが、雨足が強すぎてそんな風には見えなかった。これではたとえ泣いていたとしてもわからない。

元々早足で歩いていたのを、更に早める。そんなことをしたくないのに、僕は走り始める。見上げると、空は雲一つ無い晴天だった。

肉塊が見えなくなるまで走ると、海が見えてきた。ここから更に憂を捜さなければならないかと思っていたけれど、果たして彼女はこの晴天の日にあって、否応《いやおう》なく目立っていた。

憂は海を見ていた。何をするでもなく、水平線の彼方へ目を向けている。

「憂」

その背に声を掛けると、彼女が振り返る。

長めの前髪が濡れて肌に張り付き、普段とは違った雰囲気になっていた。いつも着ている白いシャツは透けて、中のキャミソールがうっすらと見えている。反対に、元は色の淡かっただろうジーンズが濃く染まっている。まるで、今海から上がってきたばかりと言われても信じてしまいそうだ。

雨粒は彼女の陽《ひ》に焼けた肌の上で光の珠になり、また次の雨粒に弾かれて消えていった。雨に濡れた物憂げな横顔は、近づくのを躊躇《ためら》ってしまうほどに美しい。

「念願のことをさせてあげる。准には私を撮ってもらう」

今日の空は抜けるような晴天だった。だが、彼女の上には止まない雨が降っている。


二〇〇六年九月九日、デイビット・ブレインというマジシャンが七日間にわたる水中生活の挑戦を終え、ニューヨークの街中に設置された金魚鉢型の水槽から出てきた。彼はズボンと酸素ボンベだけを身につけ、水の中で暮らし続けたのだ。

水槽から出たばかりの彼の手は真っ白にふやけて膨張し、身体の塩分が低下していた。内臓疾患を引き起こしかけていた彼は、挑戦後速《すみ》やかに病院に運ばれた。

この挑戦に多くの人が注目するようになったのは、最初の雨が降ったからだ。

今から三年ほど前のある夏日に、奇妙な現象が起こった。

駅で電車を待つ男の上に雨が降り始めたのだ。抜けるような晴天の中で降った雨を、彼は最初汗だと思ったらしい。容赦の無い陽光に照らされているのだから、そう思ったのも無理はないだろう。

だが、彼を襲う『汗』の勢いは次第に強くなり、着ていたスーツを濡らし始めた。周りの人間も、びしょ濡れになっている男の異様さに気づき、距離を取り始めた。そして気づいた。この場にいる中でその男だけが、雨に降られていたのだ。

男はホームを動き回り雨を避けようとしたが、雨は男を追って降り続けた。耐えかねた彼が電車の中に駆け込むと、雨は電車の中でも降りしきり、床や周囲をしとどに濡らし始めた。彼が二駅も乗ると、電車の床は水浸しになったという。

仕方なく彼は外を歩き回り、道に跡を作りながらこの奇妙な現象が終わるのを待っていたが、雨は止まなかった。雨は彼の頭上から降るだけでなく、服の内側にも降っていた。彼が雨から逃れられる場所はなかったのだ。

店にも入れず家にも帰れない彼は、市内の病院に助けを求めた。出入り口にて問診を行った病院は、屋外に仮設のテントを張り、各検査を行った他、病院食の提供を行った。濡れて重くなった彼の服を脱がせると、頭上の雨が範囲を広げて肌を濡らした。どうやらそういう仕組みになっているらしかった。

医者は彼を治すことは出来なかった。何しろ、雨だ。雨は病《やまい》ではない。早々に気象学の研究者が呼ばれた——というのは尤もらしい都市伝説だと思っている。雨は降り続け、彼の身体はふやけ始めた。

実を言うと、濡れた掌《てのひら》に何故《なぜ》皺《しわ》がいくつも刻まれるのかは、まだ分かっていない。掌の角質層が他の部分より厚く、水分を吸収しやすいからとか、指先の皮膚の外側部分には血管や神経が通っていない為、水を吸収しやすい傾向にあるなどの仮説が挙げられている。どんな理由があるにせよ、掌は水の中で一番影響を受けやすい。

病院にやって来て二日も経《た》つと、男の掌は硬く白くなっていた。

彼の身体は常に水に晒《さら》されている状態だった。生きた人間がずっと水中にいるとどうなるのかを誰も知らなかった。彼の存在は大々的な人体実験だった。

一週間を過ぎると様々な不調が出始める。彼の顔と身体は白く変色し始め、水分によって浮《む》腫《く》み始めた。何より影響を受けたのは皮膚で、柔く傷つきやすくなった表面はボロボロになっていた。

奇妙で個人的な災害は広く報道され、生きながら水死体になっていく様は恐怖と好奇心を以《もっ》て見守られた。

十六日後、多臓器不全を起こし、二倍の大きさに膨れ上がった男は医療用テントの中で死んだ。だが、雨は彼が死んで三日が経っても降り止まなかった。男が本物の水死体になって、ようやく雨は止んだ。

これが彼だけの奇妙な現象だったら良かったのかもしれない。だが、この事例を皮切りに、同じような怪現象が世界中で起こり始めた。何の前触れもなく、その人のところにだけ雨が降るのだ。対策はなかった。傘を差そうが屋内に入ろうが、雨はその人間だけを狙って降り続けた。老若男女を問わず、人は雨に襲われた。

雨に憑《つ》かれた人間は逃れることが出来ず、ただ死を待った。不治の病ならず、不止の雨が人を殺すのだ。

この現象は一応『超局地的豪雨』という名前が付けられているけれど、日本では主に『降《こう》涙《るい》』と呼ばれている。曰く、その人のところにしか降らない雨は涙に等しい。だから、降涙。

この名前を考えたのは、かつて直木賞を獲った有名な小説家だった。見る限り彼は既にテレビ向けのコメンテーターになっていたけれど、この名前を考えついただけで文壇の重鎮へと返り咲いていたようだった。

だから小説家は嫌いなのだ。どいつもこいつもちょっと洒落《しゃれ》たことを言おうとする。目の前で起きることがどれだけグロテスクでも、それを覆《おお》ってしまうほどの感傷を名前で包んで与えてしまう。

どれだけ耳触りの良い名称をつけても、それは何よりも性質の悪い災害に他ならなかった。突然現れては人を永遠の雨に閉じ込める。それが降涙だ。

いざ目の前にすると、現実が襲いかかってくる。照りつける陽に似合わない雨の音が耳から離れず、僕はそれ以上何も言えなかった。

夏日の中、憂だけが土砂降りの雨の中にいた。

道行く人もちらほらと憂のことを見ては、視線をサッと逸《そ》らして歩き去って行く。ここのような人口が適度に少ない港町にしては、人が多いように見える。もう、憂の降涙の噂は広まっているのだろうか。ややあって、憂が言った。

「エモいよね。晴天の中で雨に降られてる画《え》は」

「エモいとか……そんなことを言ってる場合じゃないよ」

「言ってる場合じゃなくても、もうどうしようもない」

憂はそう言って、皮肉げな笑みを浮かべた。背筋が粟立つ。世界中でこれだけ研究が進められているのに、降涙を止める術《すべ》は見つかっていない。彼女が死ぬまで、憂に降りかかる雨は止まない。

「で、本題だけど」

憂は一歩僕から距離を置いて、改めてこちらに向き直った。

「撮らせてあげてもいいよ」

「……本当に？　だって、ずっと嫌がってたのに。写真、嫌いなんでしょ」

「気が変わったの」

「気が変わったって……」

「撮らないなら別にいい。でも、それなら二度と撮らせない。私の写真がずっと撮りたかったんでしょ。秋の文化祭で展示したかったんじゃないの」

憂は畳みかけるように言う。それは、僕がかつての憂に言った言葉だった。

「そうだけど……」

「じゃあ、撮りなよ。展示もしていい。私が雨で腐るまで、撮ってもいい」

憂はそれだけ言うと、立ち方を変えた。

今までに見たことないような、凛《りん》とした姿だ。背筋をピンと伸ばし、胸を張ってこちらの方を睨《にら》む。憂は顔立ちの彫りが深く、高い鼻に吊り目が特徴の美女だった。見ているとこちらの身が竦《すく》むような、作り物めいた怜悧な美しさがあった。彼女だけに降る雨も、舞台装置めいている。

僕は雨の音を聴きながら、初めて憂の写真を撮った。


僕は、出会った時から遥原憂の写真を撮ることを夢見ていた。

今年の春先のことだ。バイト代で初めてカメラを買い、撮るものを探していた朝に、僕は浜辺で憂を見つけた。

僕が住んでいるのは小さな港町で、開発によって少しだけ住みやすくなったニュータウンだ。広いばかりで間の空いた、どこか欠けたところのある町である。美しく撮れるものは海くらいだと相場が決まっているところに、遥原憂が現れた。

憂は堤防に座り込んだまま、スマホを弄っていた。

手持ち無沙汰な雰囲気が滲《にじ》み出ていて、表情は限りなくつまらなそうだ。外から向けられる視線に全く以て無自覚で、背を丸めている。それでも、憂は美しかった。その横顔に、僕は思わず声を掛けた。

「あの……すいません。一枚だけ写真……写真を撮らせてください」

憂は素早く反応し、素直な嫌悪感を露《あら》わにした。

「は？　ふざけんな。野次馬なら消えて、そっとしておいて」

「いきなり不躾《ぶしつけ》だとは分かっています。でも、この町って本当に海しか撮るものがなくて、撮りたいと思ったのがあなたしかなくて」

「何言ってるか分かんないんだけど。何の話してんの？」

「お願いします。秋の文化祭の展示に、絶対にあなたの写真を展示したいんです。僕は上成《じょうせい》東《ひがし》高校二年の雨宮《あまみや》準っていいます。勿論、勝手に撮ったり展示したりはしません。あれなら、生徒手帳も見せます」

そう言うと、憂は不思議そうに言った。

「……あんた、私が誰か知ってて話しかけてんじゃないの？」

「すいません。……有名な人なんですか？　もし……その、芸能系で有名とかだったら……すいません。僕の家にはテレビもパソコンもないので知らないです」

「テレビもパソコンもない？」

「ちょっと、お母さんの方が教育熱心な人だったので、勉強を阻害するようなものは全部無しって方針だったんです。けど、御三家落ちて高校も失敗したら逆に放任主義になって。でも、今更テレビ買ってとかパソコン買ってとか言いづらいじゃないですか」

高校に入ってバイトをするようになったから、多少はお金の融通が利くようになったけれど、僕の優先順位は断然カメラが上位に立っていて、それらは二の次になっていた。だから、僕は驚くほど外の情報に疎《うと》いのだ。

「へえ、じゃあ……知らなくても当然か」

「すいません。有名な人なんですか？」

「敬語使わなくていいよ。歳大して変わんないから」

憂は僕の二つ上の十九歳だった。けれど、憂の方が敬語を使ってほしくなさそうに見えたので、止めた。他人の行動に意味を求めすぎるのもよくないのだろうけれど、僕には憂がそうしてほしいように見えたからだ。

「私は遥原憂。よろしく」

そうして、僕と憂は友達になった。

こうして憂と僕は定期的に会って話をする間柄になったものの、依然として写真を撮らせてくれることはなかった。秋の文化祭を目指していると言っていたのに、憂はきっぱりと僕の願いを切り捨てた。

「写真が嫌いだから」

憂はカメラ自体を忌々《いまいま》しそうな目で睨み、短く拒否の言葉を吐いた。

「どうして写真が嫌いなの？」

「嫌いな人多いでしょ」

「それだけ綺麗なのに？」

言ってから、それが失言だったと気がついた。憂は綺麗な顔を歪《ゆが》ませて、小さく舌打ちをした。

「写真は嘘だと許されないから嫌い。綺麗な写真である前に、本当のことが求められるから。だったら海でも撮ってた方がいいよ」

憂がどうしてそんなことを言っているのかは、正直よく分からなかった。その当時、写真界ではSNSから派生して加工について話題になっていたから、それに影響されているのかもしれないと思った。冴えない曇り空の色調を上げ鮮やかな景色に変え、穏やかな陽光を射させたものは、果たして優れた写真なのか？

「嘘がある写真も物語があっていいと思うけど」

僕なりの解釈でそう答えると、憂はよく分からない笑みを浮かべた。及第点とも落第点とも付かない笑みだ。そして、首を振って海に視線を戻した。「写真は嫌い」と、もう一度呟《つぶや》いてから。

　憂はある日ふらっとこの町にやって来たらしい。ここに来る前に住んでいた町の名前を聞いて、その遠さに驚いた。

　憂は港近くにある工場で海産物を加工する仕事に就いていた。その工場は大きな寮を持っていて、格安で住むことが出来るらしい。憂は高校には行かず、そうした仕事を転々としていたのだといった。

「こういうところって、意外と何にも聞かれなくていいんだよね。訳ありだろうとは思われるけど、必要以上には何も聞かれないし。飽きられるのも早いから」

「仕事はどう？」

「単純作業も悪くないよ。ここに来て時間の流れが緩やかになった」

　散歩が趣味になるとは思わなかった、と憂は言った。誰かと喋《しゃべ》ることもだ、とその後に言葉が続いた。

「気まぐれで海に来たのは正解だったんだな。大した理由も無かったのに」

「きっかけは何だったの？」

「人魚姫が好きだったから」

　僕は思わずぽかんと口を開けて憂のことを見てしまった。あんまり憂らしくない言葉だったからだ。

「海で暮らせるのは気楽でいいよね。泡になるのも、なんか綺麗でいい。もっと重いペナルティじゃなくていいの？　って思ったもん。悪くて泡なら、ずっと綺麗だ」

「僕はあれ結構怖かった。死体も残らないのは、なんか怖い気がして」

「残らないから怖くないよ」

憂と僕はまるで逆の意見を表明した。果たして僕は、降涙によって僕が間違っていたことを知ったのだった。泡になれるなら、そちらの方がよっぽど良かったのだ。


僕は高校を休んで憂に会いに行くことにした。憂が降涙の被害に遭った以上、時間が無かった。

憂は昨日とは違う側の浜辺に陣取り、またも海を眺めていた。雨に降り続けられた横顔には既に憔悴《しょうすい》の色が濃くなっていたが、それでもまだ憂は美しく見えた。

というより、昨日より明らかに瑞々《みずみず》しく、人間離れした美しさを保っているように見えた。この雨が憂に恵みをもたらしたのかもしれない、と錯覚してしまうほどに。実際はこの雨は憂を一月も保《も》たせずに枯らすだろう。

「写真どう？」

「これ……」

僕は、現像してきた写真を憂に手渡そうとした。憂はそれを手に取ろうとして——ぴくりと手を止めた。手には雨が降っていた。

「大丈夫。データがあるから、何枚でも」

そう言うと、憂はゆっくりと写真を手に撮った。

晴れた空に土砂降りの憂の姿は、本物であるのに合成めいていた。中心に収まった憂の姿は、自身に降る雨の支配者に見える。

「良い写真だと思う？」

「良い写真だと思う」

他の写真も見せようとしたのだけれど、憂はそれをさりげなく拒絶して、濡れてくしゃくしゃになった写真を押しつけてきた。濡れた写真は既に表面に何が写っているのか分からなくなってしまっている。水の前に、全てのものは劣化を免れ得なかった。

「じゃあ、今日も撮ろうか」

短く言って、憂は堤防に座り込む。今日はそういうポーズで写真に収まるつもりらしかった。

「聞くのを忘れていたけど、気分はどう？」

「身体的にはまだ何ともない。気持ちは落ち込む。なんかさ、人間って水の中で生活出来るようになってないんだろうね。ずっと水の中にいる感覚だから、大分落ち込んできた」

憂の手には深い皺が刻まれ、そこだけ一気に数十歳も歳を取ったように感じられた。それが僕にはなおのこと恐ろしく、思わず言う。

「手を頬に当てて、こっちを見て」

カメラを構えながら言うと、憂は僕がイメージしていた通りの完璧なポージングを再現してみせた。固く白くなり、皺の刻まれた掌は見えなくなって、元の美しい憂がそこにいる。雨音がざあざあと心地よく流れ、波の音と一緒に混ざり合って消えていった。

「この雨……どうせびしょ濡れになるんだから、海の中に入っておいたらいいんじゃないかと思ったんだけど」

「ああ……それ、水槽実験でもやってたやつ……」

降涙現象が起こり始めた頃、一人の被災者が水槽の中で過ごすことを宣言した。雨によって身体が蝕《むしば》まれるのなら、最初から水の中で過ごせばいいんじゃないかと考えたのだ。彼は酸素ボンベを抱えながら水槽に籠もり、その様を実況した。

「でも駄目だね。海の中でも雨は降るんだよ。逃げられない。むしろ、中で降る雨の方がキツく当たるんだよ。息も出来ないし。本当に逃げらんない」

憂は夏休みの自由研究でも説明するかのようにそう言った。

水槽実験は失敗に終わった。というより、人間が水の中で生きるように出来ていない以上、失敗以外の結末が待っていることはあり得ないのだ。

水槽で過ごすようになった彼は、より一層早く劣化していった。デイビット・ブレインと同じように多臓器不全の兆候が出始めて、水槽生活を止めた。水槽から出た彼は最早《もはや》立つことすら出来ず、布を巻かれたまま病院へと運ばれて行った。水槽から出された彼を、降涙は喜ばしく迎えた。

「海に住んでいるようなものなのに、泡にはなれないね」

憂はそう言って、また口を噤《つぐ》んだ。堤防に座っているお陰で、憂に降っている雨はそのまま海の中へと消えていき、やがて判別が出来なくなった。

憂には両親がいなかった。出会ってから一ヶ月ほど経ってから、彼女が不意に語り出したことだ。

「多分、片親で育てるのがキツかったんだろうけど、そのまま施設の前に置いておかれてたらしい。でも、そういう親ってなんか知らないけど名前だけは付けるんだよね。憂とか結構凝《こ》った名前を」

憂という漢字には仮名が振られていなかったので、彼女の名前はもしかしたら『ゆう』なのかもしれないのだそうだ。

「だから、本当の読み方が知りたくて、敢えて『うい』って読ませた。それで後から私のことを知った親がさ、いつか読み方を訂正してくるんじゃないかと思って……」

その言葉には明らかに含みがあって、その裏にある事情を薄く透かしていたけれど、僕は敢えて尋ねなかった。もし本当に知ってほしいことがあるのなら、憂から話してくれるだろうと思ったからだ。

いつか憂が僕に何もかも話していいと思えるようになって、もしかしたら僕が写真を撮るのも許してくれるようになって、そうしたら、その時全てを知ればいいと思った。

だが、往々にして天候は人間の思い通りにはならない。楽しみにしていた運動会の日に雨が降り、登山家の行く先は吹雪で乱れ、僕が憂のことをよく知る前に、彼女を降涙が襲う。

憂の写真は溜まっていった。最初の数日間で、展示が二回ほど出来そうなくらいの枚数が撮れた。偏《ひとえ》に、憂がモデルとして優秀だったからだ。写真が嫌いという言葉と、その堂に入った佇《たたず》まいはまるでリンクせず、僕はその隔たりにひやりとしたものを感じた。

降涙被害は憂の何を変えたのだろう、と思わずにはいられなかった。

それからも僕は憂が言う通りに彼女の写真を撮っていたが、一週間も経つ頃になると彼女の様子は明らかにおかしくなり始めた。

「どこにぶつけても肌が切れて痛い、ぶつけてないのに痣《あざ》が出来て痛い。肉が――ぐずぐずになっていくのが分かる。人間は水の中では生きられない、絶対に」

憂は一日目のような綺麗なデニムスタイルを見せることも、二日目のような洒落たワンピースを着ることもなく、何の飾りもない丈の長いワンピースを身に纏っていた。当然ながら雨に濡れたそれは肌に張り付き、憂の身体のラインをべったりと表している。

「多分、これが酷《ひど》くなったら服で皮膚が剝《は》がれるようになる。前の人達が布を巻くようになった理由が分かる」

憂はやや聞き取りにくい発声で言った。口の中までは雨に侵されていないはずだが、人間の身体が長時間水中にいることで起きる様々な不具合が憂のことを襲っているのだろう。憂の外見にも変化が出てきていた。瞼《まぶた》が普段の憂より重たく感じられ、元々吊り目だったはずの目が垂れ目に見えるようになってきた。憂の肌は一度冬を越したように白くなり、体温というものが感じられない。まだそんなに経っていないはずなのに、と思ってぞっとした。水の中で人間は生きられない。

カメラを構えるのに躊躇《ちゅうちょ》していると、背後から声がした。

「あれ、本当に遥原憂？」

憂がびくりと身体を震わせた。浜辺の入口に見慣れない人間が屯《たむろ》している。

「本当に降ってる。あれ」

その声を聞くなり、僕は憂のことを身体で隠すようにして立っていた。だが、そんなことで隠せるはずもない。憂がぎゅっと身を縮こまらせたところで、彼女に降っている雨が居場所を知らせてしまう。

ここで急いで彼女の手を引いて逃げられればよかったのかもしれない。

けれど、憂の肌は白く腫れぼったく、彼女の言っていた通り無数の痣と切り傷に塗《まみ》れていた。僕らはずるずると這うように逃げた。彼らは走って追いかけてくることもなく、ただ単に遠巻きに憂の写真を撮っていた。あれだけ写真を嫌っていた憂は何も言わなかった。

今日の憂は裸足《はだし》だった。靴が肌を擦って血を滲ませるからに違いなかった。


「人魚姫っているよね。上半身が人間で下半身が魚の。でも、あれってやっぱり上の方も人間ってわけじゃなかったんだろうね。人間が海で暮らすにはやっぱり無理があるんだよ。こんなに水吸って汚くならないから」

憂と僕が逃げ延びたのは、浜辺の隅にある小さな洞窟だった。陽光が届かないので薄暗く、早いところで行き止まりになるので、地元の子供達ですら遊び場に選ばないところだ。

洞窟の中に、雨音はざあざあと反響した。当然ながら洞窟の中にも雨は降り、憂は鬱陶《うっとう》しそうに濡れた髪の毛を払った。すると、髪は憂の指に絡みついて雨と一緒に流されていった。

「私が最後にやってたのはさ、舞台の仕事だったんだ。演目が人魚姫でさ。ハコがそんなに大きくなかったから、一応私でも主役になれたんだけど」

まるで、僕に過去を話さなかったことを忘れたみたいに、憂が言う。

僕はそこまで察しが悪くない。憂は人並外《はず》れて美しかったし、堂々としていて目を引いた。それが天性のものだと思うほど、鈍感でいられればよかった。そうすれば、テレビやパソコンが無い家に生まれた以上の価値を、僕自身に見出すことが出来ただろう。つまり、憂が求めていたのは無知なのだ。そして今、僕は状況証拠だけでその美点を脱ぎ捨てようとしている。

「人魚姫って映えるよね。舞台はいくらでもキラキラに出来るし、私も同じ舞台で四回くらい衣装替えして。あんまりお客さんも入ってなかったんだけど、千秋楽の時はまた全部衣装替えようって言われてたんだよ。演技とか全然ダメだけど、綺麗な服着るのは好きだったから。勿《もっ》体《たい》無かったな」

「千秋楽は出なかったの？」

「その前に降りたから」

理由は尋ねなかった。雨が降っても同じだ。憂は——多分、有名な女の子だった。そして、何かがあって、表舞台から姿を消し、この港町まで流れ着いたのだ。人となるべく関わらず、誰とも会わず、ひっそりと生きていたのだ。そう思うと、僕は一年前の自分を殴り飛ばしたくなった。腹の底からどうにか声を絞り出して、僕は言う。

「写真……」

「ああ、撮ろうよ」

憂は少しだけ洞窟の入口に近づき、逆光を背負いながら僕のことを見た。それじゃあまともに写らない、と言おうとしてやめた。僕が掌を隠すポーズをさせたのと同じだ。憂も今の自分の姿を隠そうとしている。なら、一体どうして憂は今になって自分の写真を撮らせるようになったのだろう。憂に降る雨が、僕の足元にまで近づいてくる。浸食する。だが、憂の雨は僕には降りかからない。

憂の写真を撮った。あまり綺麗なものではなかった。

洞窟を出ようとした時、憂の足が切れて大量の出血をした。僕はパニックになって止血を試みたけれど、濡れた傷口にシャワーを延々と浴びせかけられているような状態だ。憂の血はなかなか止まらなかった。

そうして血がようやく止まった頃には、僕の身体もびしょ濡れになっていた。こうして憂の近くにいれば、憂と一緒に雨を味わうことが出来るのだと気づいたけれど、憂はさっさと立ち上がって僕と距離を取った。

「カメラ、ちゃんと避難させてから私のところに来たね」

憂がそう言って、近くの岩場に掛けておいたカメラを指差した。思わず僕の顔が赤くなる。

「ごめん、意地悪言ったね」

それを言う憂の顔は、表情が雨に隠れてよく見えない。

降涙被害に遭った人間には、専用の連絡ダイヤルがある。降涙被害に遭った人間は元の家に住むことが出来ないので、そこに連絡すれば、降涙被害者が適切な処置を受けられる。国が作った然るべき場所で最期の時を待つことが出来るのだ。だが、降涙被害に遭った人間の大半はギリギリになるまでその施設を利用しようとは思わない、らしい。あるいは最期までそうしない。道端で野垂れ死んでいる降涙被害者が散見されるのはどうしてだろうと思っていたけれど、僕は憂にその施設に行って欲しくなかった。憂の身体がどんどん弱っていくのを見てなお、憂にこの町に留まっていてほしかった。

憂は寮を出て、堤防近くの空き地にテントを張って暮らしているようだった。降涙被害に遭った人間には、朝も夜も晴れも雨も関係が無い。然るべき場所に通報されれば撤去されるだろうが、降涙被害者に対して強硬手段を取ることは控えられていた。彼らは可哀想な被災者であり、触れれば骨から肉が外れそうな存在だった。

目の当たりにしたくないのだ、誰もが。

写真は既に百五十枚を越え、一週間に亘《わた》っての憂の変化を追えるようになっていた。並べて早回しをすれば、憂の変化がまざまざと分かるだろう。実際に憂と会うよりも、写真で見た方が変化ははっきりとしていた。

憂の身体は変わってきていた。

憂の住んでいるテントの前に立つと、僕は深く息を吐いて彼女の名前を呼んだ。

テントの周りには清潔な腐臭と呼ぶべきものが漂っていた。どこか薬品めいていて、それでいて肉を伴う変わった臭いだ。何一つ蕃殖《はんしょく》するものが無い土地の、焼け爛《ただ》れた後の臭いだ。

憂は小さく「今から出る」と言って、合わせ目を開けた。

憂は身体の殆《ほとん》どを布で覆っていたが、顔だけは隠すことなく僕の前に晒していた。彼女の人相は既に大きく変わっていた。目尻の一部は吊り上がり、一部は垂れ下がっている。瞼は更に重たくなり、目が半分ほどの大きさになっている。

どこもかしこも肌が膨れていたが、それ以上に唇の変化が顕著だった。彼女の唇は腫れ上がった顔の中で唯一痩《こ》けている部分だった。抉《えぐ》れている、と言ってもいいかもしれない。右半分の肉は既に無く、赤黒い血がこびり付いている。取れたのだ、と直感した。憂の声が変化しているのを聞くに、恐らく中も相応に変化している。

降涙被害に遭う人間は少なくない。だが、人類滅亡を憂うほど多くもない。あくまで、被災者達に降るのは気まぐれな雨なのだ。他の災害と同じく、出来る限りの対応策を講じて祈るしかないような天災だ。雨に降られた人間は運が悪く、不幸だった。だが、仕方が無い。避けることは出来ない。

雨の勢いは止まらず、憂の首筋から涙のような粒が溢れた。

僕はじっと憂のことを見つめていた。すると、憂の身体がぶるぶると震えた。

「寒いの？　何か……どうにかしようか？」

焦った僕がそう言うと、憂は首をぶんぶんと振った。そこで僕は思い違いに気づく。

憂は笑っていた。

「あんた、変わんないね」

　局地的な土砂降りの中でも、憂の声はよく響いた。間延びしていて低い声だけれど、毅然とした調子だけは変わらなかった。

「え……何？　急に」

「私がなんで写真を撮らせる気になったか分かる？」

「……なんでって、それはほら……憂はもう死ぬから」

「そんな理由で撮らせるほど感傷的な人間じゃないよ」

　憂はきっぱりとそう言った。

「私は復讐したかったんだ。最初から気に入らなかった。不躾に写真を撮らせてほしいって言ってきたことも、私を知らないことも、何の目標も達成出来なかったくせに、私の傍にいたことも。准だけじゃない。みんな偽物じゃなくて本物がいいって、必死に作った私を嘘つきだっていうから」

　憂の言葉は噛《か》みしめるようで、それだけのことを言うのに一分以上も掛かった。咳き込む憂の口からはやけにサラサラで紫色の血が溢れ出してくる。口元を押さえると、それだけで顎《あご》の辺りに痣が出来た。

「だから、見せつけてやろうと思ったんだ。写真を撮らせて、私がどれだけ苦しんでるか見せてやろうと思って。写真に撮れば忘れられないだろ。お前は生きながら腐っていく人間を間近で見るんだ。准が好きになってくれた私を上書きしてやるんだ。今ここで」

雨の勢いが強くなった。錯覚かもしれない。憂の背が曲がる。彼女の上だけに降る雨は僕のことを濡らさない。

「でも、准の目がまるで変わんないから、後悔し始めた。こんな姿晒さなきゃよかったって。嘘でいいから、綺麗な時の写真だけ撮ってもらって、偽物でいいから綺麗なまま終われればよかった。雨が降り始めたあの日に、さよならを言って、綺麗な一枚で終わればよかった。私、綺麗なままで終わりたい。折角《せっかく》ここまで逃げてきたのに、可哀想な肉塊になりたくない」

憂の目から涙が溢れていたとしても、雨の所為《せい》で分からない。

この雨を降涙と名付けた小説家のことが殊更《ことさら》憎くなった。憂に降る雨は僕のところにも降っている。何がその人のところにしか降らない雨だ。雨はここにも降っている。僕のところにも。

その時、僕の中にある展示のビジョンが浮かんだ。僕は咄嗟《とっさ》に言う。

「憂を可哀想なままで終わらせない。絶対に」

■

秋になり、僕は宣言通り文化祭で憂の写真を展示することにした。

『降涙被害者・遥原憂写真展』
※この写真展は降涙被害者の写真を一ヶ月に亘ってありのままに撮影したものです。そのことを充分ご留意してご覧ください。

最初の一枚は、遥原憂がこちらを見ている写真だ。

憂の目は客のことを射貫き、衝撃によってその背骨を撃つ。憂の美しさは降涙被害者という肩書によって一層匂い立ち、後の悲劇によって輪郭が縁取られる。彼女の背には鬱陶しくなるほどの青空が広がっていて、見ている者に雨の存在を忘れさせる。

二枚目は、降涙の中で微笑《ほほえ》む憂の写真だ。手にした煙草は濡れて火が点きそうにない。片手は濡れた髪を耳に掛けている。憂の笑顔はこちらの心を揺さぶってくる。

三枚目。憂の横顔は少し疲れているように見える。雨に降られてしばらく経ち、自分にもう晴れというものが与えられないことについて、心の内でじっと反芻《はんすう》している。敢えて横から撮ったのは、この時期の憂があまりに美しかったからだ。雨に浸食され浮腫《むく》んだはずの肌は、むしろ憂に非人間的な印象を与えていた。この世ならざる者が、止まない雨の向こうに佇んでいる。

四枚目の憂の写真の前で、人は最も長く立ち止まる。写真の中の憂は赤い布を被っている。布は身体の三分の一だけを覆い、中に降る雨と、雨に侵された彼女を晒す。

憂の顔は更に腫れぼったく変わり、唇が変形している。カメラが、一秒ごとに水死体に変わっていく彼女の一瞬を捉えている。濡れた状態に慣れた髪は、奇妙な滑《ぬめ》りを得て光っていた。およそ完璧な状態とは言い難い、崩れてきている女の様だ。それでも、遥原憂はなおも美しく、うつくしさ、というものが輝きの名残《なごり》でしかないことを思い知らせてくる。

五枚目。憂の姿はほぼ見えない。赤い布に身体の殆どが覆われている。唯一出ている右手は膨張し、深い皺が無数に刻まれている。肌の白さは石を思わせた。彼女に雨が降っている。

六枚目、赤い布を纏った憂が遠くから再びカメラの方を向いているのが分かる。展示はまだ続いている。遥原憂が布を取り払って、今の姿を晒す決意を固めたのだと、客は息を呑《の》む。引きで撮っているお陰で、そこが海だと分かる。夜の海だ。

七枚目。水だ。急に憂の姿が写らなくなったことに、客は驚く。

八枚目の写真には、水面に浮かぶ鮮やかな金魚が写っている。赤と白の身体を持ち、扇のような尾鰭《おびれ》を持つ、美しい個体だ。金魚はカメラなど少しも気にせず悠々と泳いでいる。

それから、展示が終わるまで、写真には全て同じ金魚が写っている。

僕の展示は失敗だった、らしい。良くて失笑、悪くて現実に向き合っていない子供騙《だま》しだという評価を受けた。押しなべて、よくない評価の集まった展示だった。

こうなるのは分かっていたことだ。文化祭の前日、僕は写真部の顧問に呼び出された。僕は素直に従った。

「あの展示の意図、凄《すご》く感動しました。降涙被害に遭った女の子がこうなったら救われるかなっていう、そういうことですよね」

顧問の先生は穏《おだ》やかな笑みを浮かべていた。慈愛とか優しさとか、そういうものを一緒くたに纏めたみたいな笑顔だった。

「そういうこと……ではないですけど」

「でも途中から……」

「あれは、降涙被害者の姿を撮影したものですが」

僕が言うと、顧問は少し考え込むような素振りを見せて、口元に手を当てながら「んー」と小さく言った。

「それは全然、先生も全然ね、良いと思うの。写真っていうのは単なる記録じゃなくて、撮った人がどんな気持ちで……その人を撮ったかでね、変わる作品だと思うのよ。同じ人でも、朝撮るのと昼撮るのとじゃ違うから。海で撮るのと山で撮るのとじゃ、その人を……どう撮りたいかが反映されるでしょ。だから、雨宮君の意図が伝わるこの展示は凄くいいと思うし尊重したい。だから、あの注意書きだけ無くした方がいいと思う」

「どうして注意書きを無くすべきなんですか？」

「……あのね、雨宮くん。私、分かるのよ。というか、みんな分かると思うわよ、あれ見たら。

注意書きで煽《あお》ってるでしょう。注意書きをした上でああいうものが出てきたら、」

「綺麗な女の人がぐずぐずになってふやけて溶けてぐちゃぐちゃになるところが見られるんだって期待しますか」

「…………」

「何を言われてもいいです、全部本当のことなので。展示はあのままやらせてください」

僕が言うと、顧問は溜息を吐《つ》きながらゆっくりと首を振った。

「何を言われても、あまり気にしないようにしなさい」

『身内が降涙被害に遭ったものです。あなたは現実から目を背《そむ》け、本当の悲劇を歪曲《わいきょく》してしまいました。災害を綺麗な物語に仕立て上げることは、多くの人を傷つけるのだということを忘れないでください』

感想ノートにはそういった走り書きがあった。この人が、十万人に一人もいない降涙被害者を本当に身内に持っているのかは分からない。だが、書かれた意見自体は分かる。

現実から目を逸らしてはならない。悲劇を美化してはいけない。降涙被害に遭った憂は金魚にはならなかった。こんなものは全部嘘だ。こうだったらいいなという夢を、憂と作った偽物の物語だ。

『整形バレして降板逃亡したパチモンアイドルにはお似合いの展示でした。何あの金魚オチ』

けれど、その意見は承服しかねてノートを破る。

僕らの展示は僕らのものだ。結末について文句を言われる筋合いはない。

降涙発生から二週間近くが経つ頃には、憂はもう僕の前に姿を晒さなくなっていた。

「結局、最後まで撮らせてあげられなくてごめんね」

憂は全身に被った赤い布越しにそう言った。

布を羽織ることは憂に痛みを覚えさせるんじゃないかと思ってしまったけれど、憂からすればその身を晒すことの方が耐えられなかったのだろう。

「これから国の支援施設へと向かうんだ。だから、もう会えない」

僕はそれを止められなかった。止められなかった、と悲劇のように呼称することすらおこがましいのかもしれない。憂の身体のことを思えば、それが最もいい選択肢だ。そうすれば、残りの日々を余生と呼べるだけのものに出来る。

布を被った身体から雨が流れ出て堤防を伝い、海に混じる。憂の手にはもう一枚も爪が無かった。声量がコントロール出来ないのか、彼女の声は急に大きくなったり小さくなったりした。

「展示、観に行きたかった」

「……[redacted]と、良い展示にするから」

憂の表情は見えな[redacted]ど、僕には彼女が微笑んだのが分かった。

あの展示のアイデアを話した時、憂が心配したのは、僕があれこれ言われることだった。彼女に言わせれば「人を喰ったような展示」で、僕からしたら「夢のある展示」だ。最終的に、憂は布の向こう側で小さな笑い声を上げた。

「そうだね、夢がある」

「これが金魚の写真なんだ。店で一番綺麗なのを選んできた」

僕が町のペットショップで買ってきた土佐錦《とさにしき》の写真を見せると、憂は静かに言った。

「本当だ、凄く綺麗。……いくらした？」

「五二〇〇円」

「そこそこしたね。長生きするといいな」

「大切にするよ、凄く」

憂が呻《うめ》くような長い溜息を吐いた。ややあって、彼女の声が続く。

「あのね……ずっと言えなかったんだけど……私、私のこの顔………」

僕はゆっくりと首を振った。すると、憂の言葉が止まった。

それきり、僕らは何も言わなかった。僕は憂に降る雨の音だけを聴いていた。雨は沈黙にのみ優しく、僕らの間の空白を埋めた。

「それじゃあ行くね」

憂はそう言って、布の下から小さく手を振った。

「お願いがあるんだけど、私の方は振り返らないでほしいんだ。私はあの金魚だから。最後はそれで終わりにしたいの」

僕は頷《うなず》いた。涙に濡れた目に、赤い布を纏った彼女の姿は本物の金魚に見えた。僕が背を向けると、憂がゆっくりと遠ざかっていった。雨の音が離れていく。それだけで、僕と憂の距離が緩やかに広がっていくのが分かる。この二週間余り、鼓膜《こまく》に張り付いていた雨が遠ざかり、波に負けていく。

そして、僕もまた離れがたさに負けた。僕は振り返ってしまう。そして、見た。

彼女に降る雨は、コンクリートにはっきりと脚跡を残していった。

その跡は堤防の先端へと延びてゆくと、そこでふっつりと途切れていた。

デウス・エクス・セラピー

「よ、よく聞いてほしい、フリーデ。君は騙《だま》されているんだ。君はあの島で『精神安置』を受ける。手順はこうだ。まず目を抉《えぐ》り、視覚を奪う。その次は耳を水銀で潰し、聴覚を奪う。そうして患者を絶望の暗闇に引きずりこむんだ。当然ながら患者は強い抵抗を見せるから、黙らせる為にヒースは君の両手両足を樫《かし》の木の棒で打擲《ちょうちゃく》する。君の手足はそこで使い物にならなくなる。そこまでいったら人間じゃない。確かに、治療っていったら治療だけどね。もうすっかり、元の君はいないから」

おどおどと喋《しゃべ》るその男は、長い金髪や透き通るような肌が特徴の美しい青年だった。着ているものの品の良さや仕立ての上等さからも、彼がとても恵まれた立場にある地位の高い男であることが窺《うかが》えた。榛《はしばみ》色《いろ》の目は、フリーデが今まであまり見たことのない珍しい色で、なんだか居心地が悪くなった。この粗末な入院着の所為《せい》だろうか？　それとも、彼が妙な目でフリーデを見ているからだろうか。フリーデの立場を考えれば、妙な目で見られること自体はおかしくない。だが、それともまた違う違和感がある。一体、その目は何なのだろう？

そんなフリーデに対し、彼は苛立《いらだ》ったように言った。

「呆《ほう》けている場合じゃない。僕が言っていることの意味が分かる？　君は、これからこの世で最も不幸な肉塊《にくかい》になるんだ」

「あの、言っていることの意味が——……どういう意味……ですか？」

「君は、どうしてこの小舟に乗っている？」

「私は……ドリスフィールド精神病院に入院している患者。これから、ヒース・オブライエン医師の所有する島に短期転地療養《ヴァケーション》をしに向かう……。そこで『精神安置』を受ける予定です。精神安置はヒース・オブライエン医師の考案した、躁病《そうびょう》の矯正《きょうせい》に高い効果のある治療法です」

フリーデはそう答えた。ヴァケーションへ発《た》つ前に、ちゃんと覚え込まされた文言《もんごん》だった。一言一句間違えずに答えられたのに、金髪の男は更に苛立っているようだった。彼の目が忙《せわ》しなく左右に揺れて、フリーデは恐ろしくなった。

「もう一度言う。ヒース・オブライエンは、君を世にも恐ろしい目に遭わせる。それが、君の躁病を治す為の唯一の手立てだと思っているからだ。目を抉られる痛みを想像したことがあるか？」

そう言って、男はフリーデの瞼《まぶた》に手を伸ばしてきた。フリーデは反射的に身を捩《よじ》る。脱走防止で嵌《は》められている手枷《かせ》がじゃらじゃらと音を立てた。彼女の恐怖は最高潮に達し、目上の男性を敬う気持ちすら忘れて言い返した。

「か……からかわないで！『精神安置』とは、精神を病《や》ませるものから距離を取り、穏《おだ》やかな自然の中で療養することよ。貴方《あなた》の言っていることは全てでたらめだわ」

「言っただろう。君は騙されてこの舟に乗せられているんだ。島に行ったらもう逃げられない。ヴァケーションは、君の想像しているようなものじゃないんだ」

「私が病人だと思ってふざけているのね。これ以上続けるつもりなら、世話人を呼ぶわよ」

付き添いでやって来た世話人はフリーデのことを嫌っているが、彼女が騒げば完全に無視することは出来ないだろう。すると、男は大きく溜息を吐《つ》いた。

「分かった。水平線の方を見て」

「？　……どうして……」

「もうすぐあの辺りを、ニシン漁の船が通る」

「そんなものは見えない」

フリーデがそう言った瞬間、水平線の向こうからゆっくりと船が近づいてきた。まるで計ったかのようなタイミングだった。

「ね、言った通りだろう」

「目が良いんですね。遠すぎて、私は全然気がつきませんでした」

「見えたんじゃない。知っていたんだ」

意味が分からなかった。続く言葉は、更にフリーデを混乱の渦に叩き落とした。

「僕は未来が見えるんだ」

この男こそが真の精神病患者なのではないか、とフリーデは思った。そのくらい荒唐《こうとう》無稽《むけい》な話だ。男はこの話自体に興奮しているようで、急に生き生きと目を輝かせている。それがまた、フリーデの恐怖を煽《あお》った。まさか、妙な妄想に取り憑《つ》かれて気持ちが高ぶっているのだろうか。

けれど、彼は実際に船の存在を当てたのだ。

「だから、君が拷問《ごうもん》を受けるのも本当だ。未来が見えたんだ。ヒース・オブライエンは必ずそうする。それを避けるには、僕の言うことを聞いてもらうしかない」

「船が来るのを当てたくらいで、そんな話を信じられるわけが――」

「頼むよ。君をエミリー・ヴァイパスと同じ目に遭わせたくないんだ」

その名前を聞いた瞬間、フリーデの顔がサッと青くなった。

「どうしてその名前を？」

「彼女も同じ『精神安置』を受けた。残念ながら、もう亡くなっている。彼女は目と耳を奪われたことで本当に発狂してしまってね。轡《くつわ》を嚙《か》まされたまま、壁に頭を何度も打ち付けて死んだ」

「嘘よ。そんな……そんな酷《ひど》い嘘は許さない。絶対に」

「もうすぐ世話人が君の様子を見に来る。第一声は『いかれたアバズレめ、その反抗的な目はなんだ?』だ。あまり僕が世話人と接触するのはよくない。一旦離れるよ」

「はあ？　どういう意味？　話はまだ――」

「覚えておいてほしい。僕は君を助けに来たんだ」

それだけ言うと、男はフリーデと距離を取り、懐《ふところ》から取り出した手帳を眺め始めた。するとすぐに、鉄梃《かなてこ》で潰されたかのような背の低い世話人がやって来た。彼はじろりとフリーデを睨《にら》み、吐き捨てるように呟《つぶや》く。

「いかれたアバズレめ、その反抗的な目はなんだ？」

その時の驚きをなんと表せばいいか分からなかった。船のことも、世話人のことも、ちゃんと言い当ててみせた。まるで、本当に未来が見えるかのように。

思わず目を遣《や》ると、彼はさりげなくフリーデを見て微笑《ほほえ》んでいた。その姿は、さっきの挙動不審な態度とは打って変わってなんだか誇らしげに見えた。

「す……すいません。あの金髪の人は誰なんですか？　もしかして……私と同じで『精神安置』を受けに来た入院患者ですか？」

何しろ、彼は明らかに様子がおかしい。初対面のフリーデにも馴《な》れ馴れしく接し、おどおどとした様子を見せたかと思えば急に激し、おまけに未来が見えるなどと嘯《うそぶ》いているのである。常軌を逸しているとしか思えない。

世話人の男はフリーデを厭《いと》わしげに見つつも、ちゃんと答えた。

「あの方はロス・グッドウィン先生だ。普段はエラいエラい大学のエラいエラい研究室でお前みたいなおかしな女を調べていらっしゃるんだと」

「精神科医、ということですか」

「あの人は休暇を利用して、ヒース・オブライエン先生の治療を見学に来たんだと」

休暇。奇《く》しくも、これからフリーデが向かうヴァケーションと同じである。フリーデにとってのそれは、この状況をどうにか変える為の切実なものだ。そんなフリーデのヴァケーションを、彼は悠々《ゆうゆう》と見学に来る。そのことがもう既に鼻についた。

「お医者様というより、病人みたいだわ。どうしてオブライエン先生が彼を？」

「俺も最初は新しい病人だろうって踏んださ。見るからに目つきがおかしいからな。あんな奴がまともなはずがない」

多くの入院患者を見てきた世話人ですら同じ感想を抱くようだ。やっぱり彼は、医者というよりは入院する側に見えるのだろう。

「いずれにせよ、お前みたいな奴には関係の無い方だ」

甲板に唾を吐き捨てて、世話人が去って行く。これで彼が島行きの舟に乗っている理由は分かった。彼はフリーデの受ける『精神安置』を見に来たのだ。患者ではなく、医者。どれだけ様子がおかしくても、彼は病んでいるわけじゃない。

そう思った瞬間、フリーデの身体《からだ》がわなわなと柳のように震え始めた。ようやく、今の状況が理解出来たからである。

あの奇妙な予言者は――本当に予言者なのかもしれない。彼の言っていることが本当なら、フリーデはこれから、口にするのもおぞましい目に遭う。目を抉られ、耳を潰され、世界から切り離されてしまう。どうしてそんな目に？　一体何が理由で？

僕は君を助けに来たんだ、というロスの言葉が無ければ、フリーデは恐怖で海に身を投げていたかもしれなかった。島が、もう目の前に見えていた。

一八九三年九月十六日、十九歳のフリーデ・カナシュはドリスフィールド精神病院に収容された。

彼女は重度の躁病であり、発作が起こる度に人が変わったかのように暴れ回った。そうなった時の彼女は家族にも危害を加える為、父親は泣く泣く愛娘《まなむすめ》をドリスフィールドに託した。

――これが、表向きに公表されたことである。

だが、フリーデは躁病などではなかった。むしろ、頭がおかしいのは自分をドリスフィールド送りにした父親の方だ、と思っていた。

実の父親と交わり彼の子供を産むことこそが『正常』なのであれば、フリーデは喜んで『異常』という診断を受け容《い》れる。

あそこから離れられたことは、むしろ幸運に他ならない。――ドリスフィールドという場所をまるで知らなかった頃のフリーデは、浅はかにもそう思ってしまった。死ぬ思いで暗闇から這い出た者に、行く先の昏《くら》さが分かるはずもなかった。

外から見たドリスフィールド精神病院は、それほど恐ろしい場所には見えなかった。赤煉瓦《あかれんが》で構築された巨大な建物は、まるで巨大な石窯《いしがま》のようでもあった。窓が一つも見当たらないところを除けば、好ましい建物ですらある。

この時のフリーデはドリスフィールド精神病院をよく知らなかった。心を病んだ人々が療養する場所なのだろう、という極めて無邪気な理解だけがあった。

なら、正しい診断さえ下されれば、フリーデはここを出ることが出来るはずだ。粗末な入院着に着替えながら、フリーデはそう楽観的に考えていた。鉄格子の嵌められた扉に鎖《とざ》され、窓の無い石造りの部屋に、十人近くの入院患者と共に詰め込まれても、ドリスフィールドがまともな精神病院だと一週間は信じていた。実際はありとあらゆる疎《うと》まれた人々の流刑地《るけいち》でしかなかったというのに。

収容されてしばらくの間、フリーデは自分がまともであることを証明しようとしていた。自らの状況を説明すべく、責任者に会わせてもらえるよう世話人に頼んだ。だが、彼女は房から出されることすらなかった。

窓の無い部屋の中で、格子から差し入れられる食事だけを時計の代わりにする日々が続いた。同じ房の患者達は本当に精神を病んでいるのか、薄汚れた入院着の裾を噛んだり、奇声を上げたりするばかりで会話も出来なかった。『病院』と名が付いているのに、フリーデも彼女達も一向に診察の順番が回ってこない。

「あの……私はフリーデ・カナシュといいます。どうか私の話を聞いていただけませんか？お医者様に会わせてください。私は躁病ではありません」

フリーデは何度も世話人に懇願《こんがん》した。だが、ようやく会えた医師は数秒の診察で「病状が良くない」と言い出し、気味の悪い液体を何杯も飲ませてきた。それを飲むと喉《のど》が焼けるように痛み出し、フリーデはしばらく水すら飲むことが出来なかった。

治療と称して、延々と井戸の水を汲まされたこともあった。掌《てのひら》の皮膚を剝《は》がされたこともあった。ここに長くいてはいけないことを悟った。

軟禁や『治療』もさることながら、誰も彼女の話を聞こうとしないという状況が、最も彼女を摩耗《まもう》させた。

外でのフリーデは気立てが好く見目の麗《うるわ》しい娘として、人々に愛され続けてきた。美しい母と、大地主として一帯を取り仕切る父親の下に生まれ、彼女は心優しく正しい娘に育った。父親に犯されたと助けを求めるまで、彼女は町の人気者であったのだ。

それが今や見る影も無い。世話人達はフリーデを頭のおかしい女と決めつけ、みすぼらしい家畜のように扱う。正気を失った憐《あわ》れな女だと見る。

フリーデは正常だ。だが、その正常さが誰にも伝わらないのなら、彼女が退院出来る日など永久に来ない。そのことに気がついた瞬間、フリーデは思わず叫んだ。もしかすると、叫び続ける患者達はフリーデのなれの果てなのかもしれない。

それでもフリーデが正気を保っていられたのは、同じ房にエミリー・ヴァイパスがやって来たからだった。


「ちょっと、痛いって言ってんだろ！　その薄汚い手を離さないと、あんたの耳を食いちぎってやる！」

ドリスフィールドにやって来た初日から、エミリーは世話人に対して啖呵《たんか》を切っていた。燃えるような赤毛は彼女の怒りを反映しているようで、その苛烈《かれつ》さに惹《ひ》かれた。

エミリーはすぐにフリーデを見初《みそ》め、笑顔で話し始めた。

「あたしはエミリー・ヴァイパス。言っとくけど、あたしはあんたと違ってまともだからね」

「私だってまともよ。あなたよりずっとまともな、フリーデ・カナシュ。この正常さが分かるくらいまともなら、友達になってあげてもいいわ」

フリーデとエミリーは固い握手を交わした。その手の温《ぬく》もりはドリスフィールドで与えられたものの中でも最も確かで、頼るべきよすがとなるものだった。

エミリーもフリーデと同じく、厄介払《やっかいばら》いをされてここに送り込まれた娘だった。自身の働いている紡績《ぼうせき》工場で待遇改善を訴えた結果、攻撃的な傾向のある躁病という診断が下ったのだ。

「バッカじゃない⁉　まともな賃金と家族の許《もと》に帰れる休暇を要求するのが狂ってるなら、ドリスフィールド上等だっつーの」

そう言い切れる強さを周りが恐れたからこそ、エミリーはここに送られたのだろう。言葉が届かないところに閉じ込めなければいけなかったのだ。

エミリーは人差し指に嵌めた銀の指輪をとても大事にしていた。これは腕の良い職人であった父親の形見であるそうで、世話人に奪われそうになっても頑《かたく》なに守ったという。

「これを守る為に、人一人殺すとこだったよ。そうしたら、ドリスフィールドより酷いとこに移送されたかもね」

悪戯《いたずら》っぽく笑う彼女を見て、フリーデの胸が微《かす》かに痛んだ。フリーデはもう、父を父として愛せそうにはなかった。たとえここを出られたとしても、フリーデには最早《もはや》家族というものがないのだ。

エミリーの負けん気の強さはドリスフィールドに送られてもなお変わることなく、彼女は度々問題を起こした。

彼女はフリーデとは比にならないほど激しく自身の正気を主張し、世話人に摑《つか》みかかった。不当な処遇や治療は断固拒絶し、待遇改善を訴え続けた。冷水を浴びせかけられたり鞭《むち》で打たれたりしても、エミリーはまるでめげなかった。彼女さえいれば、ドリスフィールドが変わるのではないか――そうでなくとも待遇改善が叶《かな》うのではないか、と思った。

実際にエミリーだけは無用の水銀を飲まされることが無くなり、延々と井戸の水を汲まされることもなくなった。世話人達はエミリーを疎ましがっていたが、表立って彼女を虐待することは出来なくなっていた。一部の患者達から、エミリーが強く慕《した》われていたからだ。

「やっぱり、声を大にすれば伝わるんだよ！　フリーデやあたしみたいに、ここにいるべきじゃない人間が閉じ込められているのはおかしいんだって」

鞭でついた傷痕を生々しく晒《さら》しながら、エミリーは華々しく笑った。

エミリーには状況を変える力がある。彼女なら、ここで不当な目に遭う全ての患者達を救えるかもしれない。そう思った。

だから、彼女が特別な治療を受けることになった時、フリーデは心の底から喜んだのだ。

「短期転地療養《ヴァケーション》って呼んでるみたい。ちょっと洒落《しゃれ》た言い方よね」

エミリー・ヴァイパスは事前に下されていた救いようのない躁病ではなく、従来の治療は適切ではない。その為、彼女は特別な短期転地療法を受けることとなった。という触れ込みだった。

「ここから舟で一時間ほど行ったところに、ヒース・オブライエンが所有してる島があるらしいんだよね。そこは空気も綺麗で景色も良くて、大きな療養塔があるんだってさ。いいよねえ。

ここにぶち込まれる前ですら、そんなとこ行ったことなかったよ」

狭い房で身体を折りたたみながら、エミリーは嬉しそうに言った。信じられない話だった。自分達がそんな夢のような――それが本物の病《やまい》に効くかどうかは別として――治療が受けられるだなんて。

「カスみたいな病院だと思ってたけどさ。あのヒースって奴が来てから流れが変わった感じがするよね」

ヒース・オブライエンは、その頃にドリスフィールドにやって来た医師だった。なんでも彼は精神医学界では名の知れた存在らしく、画期的な治療によって多くの患者を救ってきたのだという。

「フリーデはヒースのことが信用出来ない？」

「信用出来ないというか……よく分からない。話だけはよく聞くけれど」

何しろ、フリーデのような一般の患者はまともに医師の診察を受ける機会すら無いのだ。ヒースという名前の医師がやって来て、ドリスフィールドにも新しい治療法を取り入れているという噂だけしか知らない。

本当にヒースが精神医学界を牽引《けんいん》するような医師であり、精神病を治すことに長《た》けているのであれば――フリーデやエミリーのようなまともな人間をすぐさま退院させてくれるのではないか？　と、淡い期待を抱いたことだけは覚えている。同じことをエミリーも期待していたようで、彼女は生き生きと語った。

「島ではヒース先生と一対一で話して特別な治療を施《ほどこ》してくれるというよ。本当に優秀な先生なら、すぐにあたしがまともだって気づくはずさ。そうしたら、ドリスフィールドともお別れだろうね」

それを聞いて、フリーデは急に恐ろしくなった。

ヒースが正しい診断を下した暁《あかつき》には、エミリーはすぐさま解放されるだろう。こんな恐ろしいところを出て、元の世界に戻るのだ。それはとても喜ばしいことだが、そうなったら――フリーデは一人で取り残されることになる。一体どうしてエミリーだけがヴァケーションに連れて行ってもらえることになったのだろう。フリーデは目立った問題を起こさなかった。むしろ問題を起こしていたのはエミリーの方だ。私に目立った異常性は無い。それなのに、何故《なぜ》――。

沸き上がった気持ちを、フリーデは無理矢理抑え込む。そんなことを思うべきじゃない。エミリーはここにいるべき人間じゃない。友人だけでも解放されるのだから、喜ばなければ。

「ヒース先生と会ったらさ、フリーデのことも話すよ。フリーデもここにいるべき人間じゃないんだって。ちゃんと自分の頭で物を考えられる、まとも過ぎるくらいまともな人間なんだって」

エミリーはそう言いながら、そっとフリーデの頬を撫《な》でてくれた。この心優しい友人は、フリーデの不安をも察してくれたのだろう。フリーデは不安を取り去り、愛《いと》しき友人に囁《ささや》いた。

「良い休暇になりますように」

辿《たど》り着いた島は五分もあれば端から端まで行けるほど小さく、目立つ建物は中央に建つ細長いものしかない。あれがきっと療養塔だろう。

空気が美しく、足下に咲き乱れる知らない草花が殊更《ことさら》愛しく感じられた。空が青く、海との境目が分からない。フリーデは一瞬、逃亡防止の為に嵌められている手足の枷を忘れ、自然の美に見入っていた。

「風が気持ち良いだろう。この島の風は人の魂を癒《い》やしてくれる」

振り返ると、そこには壮年の医師が立っていた。

「私はヒース・オブライエン。短期転地療養を担当している医師だ」

「フ……フリーデ・カナシュです。あの……ま、前から、私、ヒース先生とお話ししたくて……光栄な機会を……あっ、あの、私、私は、躁病ではありません。以前はそうした兆候が見られたかもしれませんが、今は全く――」

「大丈夫だ。全く心配ないよ、ミス・カナシュ」

フリーデの言葉を遮《さえぎ》り、ヒースはにっこりと笑った。

「私はミス・カナシュの病状を正しく把握している。貴女《あなた》の主張していることはちゃんと理解しているが、貴女自身も把握出来てない魂の病巣《びょうそう》があることもまた事実だ」

病巣があると言われたことは不服だったが、それよりもヒースがフリーデの目を見てちゃんと話を聞いてくれることへの感動が上回った。彼女はこの八ヶ月間、それすらしてもらえなかったのだ。

もしかすると、ヒースは話の通じる人間なのかもしれない。フリーデの胸は期待に躍《おど》った。

「この島で過ごすことで、君の病巣は一切取り払われるはずだ」

「『精神安置』によってですか」

フリーデが言うと、ヒースは少しだけ驚いた表情を見せた。そして「よく知っているね」と笑う。その表情の屈託の無さといったら！　その瞬間、彼女は恐怖に駆られて尋ねた。

「精神安置とはなんですか。一体、どういう処置なのですか」

ロスが言うには、それは目を抉り耳を潰す恐ろしい処置だ。行うのは、見るからに温厚な目の前の医師である。彼の柔らかそうな手が樫の木の棒を握るところが想像出来ない。ヒースはドリスフィールドの他の医師とは明らかに違うのだ。

「それは明日のお楽しみだね。心配することはないよ。君はきっと良くなる」

そう言って、ヒースはウインクをしてみせた。——私の目を抉り、耳を潰し、永劫《えいごう》の孤独の内に閉じ込めるというのは本当なのですか。とは尋ねられなかった。全てを肯定するかのような麗《うら》らかな陽《ひ》の下で、それはやはり悪い冗談にしか思えなかった。ヒースが笑う。

「この島は素晴らしいだろう？　精神がすっかり良くなったら、今度は釣りにでも来ればいい」

フリーデは視線だけを動かし、一緒に舟を下りたはずのロスの姿を捜す。彼は桟橋《さんばし》の方で蹲《うずくま》っていた。どうやら船酔いをしてしまったらしく、世話人がうんざりした顔で介護をしている。フリーデは怒りすら覚えた。彼の不気味な言葉でフリーデはこんなにも怯《おび》えているというのに。

気分を鎮《しず》める為に、フリーデは美しく広がる海を見据えた。

今ならまだ、ここから身を投げることも出来た。


ヴァケーションの予定は一週間だった。フリーデはエミリーが帰ってくるのを今か今かと待ちかねていた。

だが、一週間が過ぎても二週間が過ぎても、エミリーは戻ってこなかった。フリーデはいよいよ不安になり、食事の度に世話人にエミリーの行方を尋ねた。しばらく無視されていたものの、ある日ようやく話を聞いた。

「エミリー・ヴァイパスは短期転地療養の効果が出て病状が回復し、既に退院した。なんでも、彼女のケースは新しい治療法のモデルとして学会に提出されるらしい」

　フリーデは心の底から安心した。エミリーは正気であると認められたのだ！もう会えないことは寂しかったが、彼女が解放されたことへの嬉しさが勝《まさ》った。二度とドリスフィールドに戻ってこないのなら、そちらの方がいい。

　エミリーはヴァケーションで『精神安置』という名の処置を受けたのだという報告を受けた。

「『精神安置』というのは、病の原因になるものを取り除き、精神を安らかなところに置いて平静を取り戻す処置である」

　知らされたのはそれだけだった。ヴァケーションという言葉と『精神安置』という言葉が組み合わされて、それはとても穏やかで素晴らしい治療法に思えた。水銀を飲まされたり電気を流されたりするより、ヴァケーションに行って『精神安置』を受けたいと誰もが思った。フリーデもその一人だ。

　ヴァケーションに行きたい。行って、ヒース・オブライエンに会いたい。そして、エミリーのように正気を認められてここから出たい。ヴァケーションに行けるよう、フリーデはひたすら大人しく従順に過ごした。島にさえ行ければ。ヒースにさえ会えれば。『精神安置』を受ければ、ドリスフィールドから出られる。

　だから、短期転地療養の対象者に選ばれた時、フリーデは涙を流して喜んだ。出られた暁には、外の世界にいるだろうエミリー・ヴァイパスのことを捜そう、と思った。

療養塔は外から見るよりずっと広く、フリーデが入れられた部屋もドリスフィールドとは比べものにならないほど快適だった。部屋の隅に置かれたベッドは清潔で、まるで普通の宿のようだった。小さな窓からは星空が見えた。

フリーデはもう、ロスの怪しげな言葉を忘れることに決めていた。そうしなければ、恐怖に溺《おぼ》れてしまいそうだった。自分の瞼に触れる。眼球の丸みが指を押し返す。

優しげなヒースの顔。フリーデを救ってくれると言ったロスの顔。何もかもが信頼出来ない。何もかもを信頼したい。おかしい。おかしくない。恐ろしい。『精神安置』とは一体何なのだ？　ロスは本当に助けてくれるのか？　ヒースは自分を騙しているのか？　ロスは一体――。

そこまで考えたところで、乱暴に扉が叩かれた。フリーデはびくりと身を震わせる。

「来るのが遅くなってごめん。世話人の男が二時間も眠るのが遅くてさ。もっと早くに来るつもりだったんだよ！　なあ、本当に困るよな」

「ロス……？」

鉄格子の隙間から、あの金髪の青年の姿が見えた。やけに早口で意味の分からないことを呟く彼は、相変わらず挙動不審だった。夜に見るロスは一層恐ろしい。彼こそが自分に不幸をもたらす死神なのではないか、とすら思った。

フリーデの怯えた様子に気がついたのか、ロスはハッとした表情を見せた。そして、慌《あわ》てた口調で言う。

「ああ、君を怖がらせるつもりじゃなかったんだ。許してくれ。ええと、ここには伝言があって来たんだ。明日の昼に、ヒースが君を部屋から出そうとするだろう。けれど、どうにか理由をつけて抵抗して、無理矢理出されるまで粘ってくれ」

「そんなことをしたら……オブライエン先生がどう仰《おっしゃ》るか分からない」

ドリスフィールドでは、言うことを聞かない患者にはすぐに鞭が飛んでくる。仮病を使っても無駄だ。治療と称して酷いものを飲まされることもある。

「どうして部屋から出てはいけないの？　そんなことを言うなら、ロスがオブライエン先生を説得してくれれば……」

「それは出来ない。部屋から出ないだけでいいんだ。簡単だろ？　そうしたら、物事が簡単に済むんだ」

ロスは何故か苛立ち始めたようで、身体を揺すりながら言った。よく見ると、彼の爪はどれも不自然に短かった。日常的にそれを噛む癖があるのかもしれなかった。

「とにかく、僕の言う通りにしてくれ。僕は未来が見えるんだ。分かるだろう？　絶対に助かるんだから、心配することなんかないじゃないか」

それを見て、フリーデは急に不安になった。——信用するのはこっちでいいのか？　その様子は、まるでドリスフィールドの患者達だ。あの世話人ですらそう嘲《あざけ》っていた相手である。

「ねえ、……貴方、本当に正しいの？」

思わずフリーデはそう尋ねてしまった。ロスが訝《いぶか》しげな目でこちらを見る。

「どういうこと？」

「貴方は何か……勘違いをしているんじゃないかしら。『精神安置』は、貴方が言うようなものじゃないと思うの」

ロスは何かを間違えている。エミリーが酷い目に遭ったはずがない。エミリーは学会で治療の成功例として発表されているのだから。そんなフリーデの心中を察したのか、ロスはおもむろに話し始めた。

「ヴァケーションは元々、『空にする』という意味だ。空にする、という言葉から、転じて『休暇』になった」

「……何の話をしているの？」

「エミリー・ヴァイパスの『病状』は確かに回復した。彼女は誰彼構わず自分の意見を主張し、気にくわないことがあれば断固戦う――という恐ろしい躁病からは解放された。エミリー・ヴァイパスという人間は完膚《かんぷ》無《な》きまでに破壊されたんだ。そこにあるのは単なる空っぽの器でしかなく、おぞましき虚《うつ》ろが穴という穴から見え隠れしていた。無理もない。彼女はもう何も見えず、何を聞くことも出来ないんだから。外から与えられるものは痛みだけだ」

「やめて」

「舌を切られていたわけではないのに、ヴァケーションから戻ったエミリーは一言も喋らなかった。彼女は自分が存在しているかどうかも分からなかっただろう。エミリーが最期に安置されていた場所は、誰からも忘れられた物置の隅だ」

「やめて、ロス」

「エミリーがずっと大事にしていた指輪があっただろう。あれは、戦利品としてヒースが持っているよ。彼は折に触れて彼女の指輪を取り出し、口に入れて舐《な》め転がしてはそのまま――」

「やめてって言っているでしょう!!!!!!　どうしてそんなことを言うの!?　聞きたくない！　貴方は――貴方こそおかしいわ！　そんなの信じない！」

「どうしてだ、フリーデ。ああもう、何も上手くいかないのは僕が下手だからか？　馬鹿にしやがって。こういう時、僕はそれこそ死にたくなる」

ロスがまた小さく舌打ちをして、扉から離れる。それを見て、フリーデはたとえようもない不安に襲われた。ロスは酷い冗談を言っているだけに違いないのに。だって、彼の言っていることは荒唐無稽だ。船のことも世話人の言葉も、全部ただの偶然で片付けられる。

「いいか、フリーデ。僕のことを信じても、信じなくても、どちらでも構わない。ただ、僕が君を助けるには、君の協力が必要なんだ。頼むから救わせてくれ。僕の為にも。そうじゃなきゃ、無事にヴァケーションが終わらないだろ」

翌日の昼頃、ヒースがフリーデの部屋の扉をノックした。ロスが叩いた時よりも、ずっと優しい叩き方だった。

「おはよう。よく眠れましたか？」

「ええ……よく眠れました。オブライエン先生」

本当は一睡も出来なかったが、フリーデは無理矢理笑顔を作って頷《うなず》いた。鬼気迫る様子のロスに比べ、ヒースは今日も穏やかで信頼の置ける笑みを浮かべていた。

「それでは、出てきなさい」

「待ってください、その……」

「どうかしたのかな？　ミス・カナシュ」

ロスはここから出るなと言った。ヒースなら「頭が痛い」と言えば、部屋にいることを許してくれるかもしれない。けれど、本当にそうすべきだろうか？

「あの……今でなければいけないでしょうか？」

「何か都合が悪いのかな？　身体の加減が良くない？」

「……わ、私は、」

「出来れば、今がいいんだ。少し無理をしてでも、時間を作れないかね。たとえ塞《ふさ》いでいたとしても、少し歩けば気分も段々と上向いてくるよ」

相変わらず優しい口調だったが、有無を言わせぬ調子でもあった。身体を恐怖が支配し、フリーデは思わず目を押さえた。それが抉られる痛みを想像し、身が震えた。もしロスの言うことを聞かなければ、助けて貰えない。あの突き放すような言葉が忘れられない。

「どうしたんだ？　ミス・カナシュ──」

「私は、知っています！　先生は──先生は、私の目を抉るつもりでしょう⁉　耳に水銀を流し込み、外界の全てから遮断する、それが『精神安置』なんですよね？」

フリーデの叫びに、ヒースはやや困惑した様子だった。その目には狼狽《ろうばい》の色が浮かんでいた。まるで、おかしな人間を見る目だ。フリーデの頭が一瞬だけ冷静になりかける。──駄目だ。おかしいのは私じゃない。おかしいのは誰だ？

息が詰まりそうな沈黙が続いた。ややあって、ヒースが弾けるように笑い始めた。

「すまない。一周回って少し面白くなってしまったよ。いや、君のような境遇にあったら、そうした不安に取り憑かれることもあるだろう。それを想定出来なかった私の責任だ。申し訳ない」

そのままヒースはしばらく笑っていたが、不意に真面目な顔になった。

「グッドウィン先生だね？」

「え？」

「……最初に話しておくべきだったね。ここに来る時の舟で、彼に妙なことを吹き込まれなかったか？」

どう答えていいのか分からず、フリーデは黙り込んだ。だが、それは肯定しているのと同義だった。

「彼はとても優秀な医師なのだけどね。少し精神病の気《け》があるようなんだ。私は長年の経験があるからね。まともな人間とそうでない人間は容易に見分けがつく。彼はあまりに情緒が不安定で落ち着きが無い。恐らく精神を病んでいる」

フリーデや世話人も思っていたことだったが、他ならぬヒースに言われると安心した。やはり、本物の医師の目から見ても彼はおかしいのだ。精神を病んだ、異常者なのだ。

「出自《しゅつじ》が良いのと、ドリスフィールドに多額の支援をしているのとで強くは出られないんだけれどね。あんな危うい人間を患者の傍に置きたくないと思うんだが。現に、彼の所為でミス・カナシュは酷く怯えてしまった」

「いえ……そんな」

フリーデは急に全てが恥ずかしくなってきた。あんな訳の分からない言葉に惑わされて、自分は一体何をしているのだろう？

「その、一つ聞いてもいいですか？」

「なんだい？」

「少し前にここに来た、エミリー・ヴァイパスという患者を覚えていますか？　彼女は今、どここにいますか？」

「ああ。彼女のことはよく覚えているよ。『精神安置』によって病状が回復して、今は元の工場に戻っているはずだ」

それを聞いて、フリーデはとうとう覚悟を決めた。椅子から立ち上がり、ヒースに向かって頷く。

「分かりました。……妙なことを言ってしまって申し訳ありませんでした」


ヒースが連れてきてくれたのは、療養塔の一番上にある部屋だった。そこからは島がすっかり見渡せるようになっており、太陽が摑めそうなほど近くに感じられた。広々とした部屋の中央には、脚の太いティーテーブルが置かれている。

「ここが『精神安置』の部屋だ。天窓から日が射すようになっていて、心を和らげてくれる。さあ、座って。温かいものを淹《い》れてあげよう」

紅茶を淹れるヒースを見ながら、フリーデはようやく悪夢から解放されたような気がしていた。部屋の中には趣味の良い調度品が揃っていて、他人の家に招かれたような気分になる。

「……オブライエン先生。大騒ぎをしてしまって申し訳ありません」

「いいえ、いいんだよ。貴女は病気で正常な判断が出来ていないだけなんだから」

「それも間違っているんです！　私は正常です。今すぐにでも退院出来るほど正常です。お願いですから、私をここから出してください。ヴァケーションから帰ったら、退院させてください。先生が言えば、みんな納得するはずです」

「ああ、まずはこれでも飲んで。それから、貴女の話を聞かせなさい」

言いながら、ヒースは小さなカップに入ったお茶を差し出してきた。カモミールの優しい香りが鼻腔《びこう》を擽《くすぐ》る。ドリスフィールドにやって来てから、お茶の香りを嗅《か》いだことすらなかった。一口飲むと、フリーデの目からは涙が溢《あふ》れ出してきた。

「どうしたんだ。泣かなくてもいいんだよ」

「私は、ドリスフィールドに来てからまともに話を聞いてもらえなくて……人間扱いをしてくれたのはオブライエン先生だけです」

「酷く辛《つら》い目に遭われたようだね」

「ええ、ええ。オブライエン先生も日々ご覧になっているでしょう？　ドリスフィールドは人間の暮らすところではありません。あそこにいる方がおかしくなってしまう」

こんなことを言ったらヒースが気を悪くするのではないか、と言ってしまってから気がついた。だが、ヒースは大きな溜息を吐いて頷く。

「ドリスフィールドが患者達にとってよくない状況にあるのは重々承知している。だが、何せ人が足りない。患者の数は増えていくのに、世話人も医師もまるで追いついていないのだ。その結果、充分な治療が受けられない患者が出てくる」

「それに、治療方法だってちゃんとしているとは思えません。まるで子供が悪ふざけで考えたような治療方法を、気まぐれに施されているだけなのです。その所為で身体の病にかかる患者だって大勢います」

ここぞとばかりにフリーデはまくし立てる。ずっと鬱憤《うっぷん》が溜まっていたからだろうか。それともすっかり安堵《あんど》したからだろうか。言葉が次々と溢れて止まらない。ヒースは何も言わず、ニコニコと笑ってそれを聞いていた。

「すいません。私ばかり喋ってしまって」

「いいんだよ。心のままに話した方が気が晴れる」

「そうだ。お話ししたいことがあるんです。その、グッドウィン先生の話していたことなんですが――」

そこまで言ったところで、フリーデの言葉が止まった。何かが歯に当たり、カチリと音を立てたからだ。一体何が当たったのだろう？　不思議に思い、半分ほど中身の減ったティーカップを検《あらた》める。

底の方に何かが沈んでいた。

銀色の指輪だ。エミリー・ヴァイパスが着けていたものとよく似ている。

手が震えて、ティーカップを床に落としてしまう。心臓がやけにどくどくと鳴って、息が荒くなった。身体がどんどん重くなっていく。ショックを受けているから、というだけではなく、抗《あらが》えないほどに気分が悪い。

「ようやくか」

先程と変わらない調子で、ヒースが小さく呟く。フリーデの瞳が恐怖に凍り付いた。

「大丈夫。意識を失ったり、喋れなくなるようなものじゃない。ただ少し怠《だる》くなるだけだ。暴れられると、いくら女だからといっても面倒だからね」

「私に何をするつもりですか」

「言ったはずだろう。治療だよ」

そう言って、ヒースはフリーデの肩を抱き、ティーテーブルに彼女を横たえた。白い天板には不釣り合いな革ベルトを取り出し、フリーデの身体を少しずつ拘束していく。こうして見ると、瀟洒《しょうしゃ》なティーテーブルはおぞましい手術台とまるで変わらなかった。フリーデの瞳から、先程とは全く違う涙が流れてくる。

「まずは、その目を摘出する。目が終わったら、耳に水銀を流し込む。そうすることで、永遠の静寂を得られるようにする。外界からの刺激を極限まで遮断することによって精神に安寧《あんねい》を与え、病を癒やす。これが『精神安置』だ」

それは、ロスの説明した手順とまるで同じだった。身体が自然と震えだした。

「視覚と聴覚を無くした人間は、深い精神の安寧の中に沈む。これにより、どんな患者もとても大人しくなるんだ。彼らが頼れるのは触覚だけだからね。彼らは不意に来る痛みに怯え、出来る限り存在を消そうとする。これでどんな病人も理性を取り戻す。簡単だね」

「お願いです。やめてください。私は病んでなどいません。正常です。私は何の問題もありません。治療は必要ないのです。オブライエン先生、お願いします」

果たして、ヒースは言った。

「そんなこと、知っているよ」

フリーデは絶叫した。考えてみれば当たり前のことだった。わざわざフリーデのことを騙し、安心させてから『精神安置』を行うのも、彼女自身が全てを悟るように、エミリーの指輪をカップの中に入れたのも、全部フリーデがまともな精神状態だと思っていなければやらないことだろう。

「お願い……やめて……もうドリスフィールドを出たいなどとは言いません。あの房で、一生大人しくしています。なので、助けてください。私は誓いを破りません。お願いです。お願いします！　嫌だ！　助けて！」

フリーデが叫ぶと、右腕に鋭い痛みが走った。ヒースが手に持った樫の木の棒で、彼女の右腕を躊躇《ためら》いなく打ったのだ。

「ぐぅううう、うううううう」

「これから、一度口答えをする度に一度打つ。叫び声を上げれば二度打つ。暴れれば暴れている間ずっと打ち続ける。分かったか？」

ヒースの言っていることは到底受け容れることが出来ない。フリーデの身体は既に痛みでガタガタと震えていた。ヒースは棒を床に置き、代わりに先の丸まったスプーンのような器具を手に持った。あれが自分の眼窩《がんか》に差し込まれるところを想像し、フリーデは恐怖に震えた。何かを言わなければ、時間を稼がなければ。

――ロス・グッドウィンは何かがおかしいです。あの男は未来予知が出来ると言っていました。それで、私が目と耳と手足を潰されるのを見たというのです。あの狂人が恐ろしくはありませんか。あの男こそ、この台に括《くく》り付けられるべき異常者です。

打擲を恐れてそう言おうとしたものの、縺《もつ》れた舌はまともな言葉を発せられなかった。辛うじて「み、」と口に出来た瞬間、部屋の扉が開いた。

ロス・グッドウィンは部屋の中央に颯爽《さっそう》と躍り出ると、床に置かれていた樫の木の棒を取った。まるで、そこに置かれていることを予《あらかじ》め知っていたかのようだった。

滑《なめ》らかな動作で、ロスがヒースを打ち倒す。棒を何度か振り下ろすと、ヒースの頭はすぐに弾けた。最早脳髄《のうずい》と鼓膜《こまく》と眼球の区別が付かないほどだ。

「遅くなってすまない。少し手間取ってしまって……」

ロスがもたもたと覚束《おぼつか》ない手つきで革ベルトを外す。彼の身体も手も、血液で真っ赤に汚れていた。余りの生臭さに嘔吐《えず》きそうになってしまう。手際が悪く、容赦の無い暴力の跡。

それでも、フリーデは安堵で満たされていた。助かった。助かった！　すんでのところで、ロスは本当に助けに来てくれたのだ！　全身の血が沸き立つような感動と愛しさで、目の前が真っ白になりかける。拘束から放たれた瞬間、フリーデは片腕で彼に抱きついた。

「ロス、本当にごめんなさい。私、貴方を信じればよかった。助けてくれようとしていたのに！　信じなかった！」

「未来が見えると言われてすぐに信じる人の方が珍しいよ。それこそ、ドリスフィールドにいる患者達らしいじゃないか」

　ロスはそう言って微笑んだ。間近で見る彼の金髪は、やはりとても美しかった。挙動不審な異常者としか見えなかったはずの彼は、今や神々《こうごう》しさを纏《まと》う救世主である。急激な変遷にフリーデは自分でも驚いたが、そうならない方が不自然なほどのことを彼はしてくれたのである。

「さあ。早く立って。グズグズここにいるわけにはいかないからね」

「ごめんなさい。身体が上手く動かないの」

「あー……そうだよな。だからあの部屋から出ないでほしかったんだけど……今更それを言っても仕方が無いや」

　どうやら、ロスはフリーデが薬入りのお茶を飲まされることも予知していたようだった。フリーデは言いつけを守らなかった自分を改めて恥じた。結局、フリーデはロスに背負われて部屋を出た。

「遅くなってごめん。本当はもっと早く行けるはずだったんだけど……ああ、せめてあと一時間稼いでくれていたら」

「そんなことはない。貴方は充分過ぎるくらい早かったわ。もう少しで、私は目と耳を奪われ、永劫の暗闇に囚《とら》われるところだった。貴方は恩人よ。感謝してもしきれない」

フリーデが言うと、ロスは嬉しそうに笑った。こんな風に彼が笑うところは初めてだった。

もしロスが間に合っていなかったら、と思うと足が震えた。革ベルトで拘束されていたところには生々しい痕が残っていた。撲《う》たれた腕は、まだ痛くて堪《たま》らない。

中程の階で、世話人が殺されているのを見つけた。世話人の身体は血溜まりに沈んでおり、一目見ただけで、過剰な殺され方をしていることが分かった。あそこまでしなくても、人間は命を落とすだろう。

「あそこまで酷くするつもりはなかったんだ。加減が分からなくて――」

何も言っていないのに、ロスは言い訳がましく呟いた。ロスの身体は血塗《ちまみ》れだった。世話人とヒース、二人の血を浴びたからだ。フリーデに時間を稼ぐように言った理由が分かった。ロスは最初からこうするつもりだったのだ。

そのことに、フリーデは薄ら寒いものを覚えた。目前の危機から救われた途端、他の色々なことが気になってきた。

ロスの具合もあまり良くはなさそうだった。世話人の死体を見つけてからというもの、彼はまた元のおどおどとした不安げな青年に戻っていた。いいや、ただ戻ったというわけではない。むしろ悪くなっている。息は荒く、瞳孔《どうこう》が開いていた。そこには、人を殺したことによる興奮状態とも言い切れない異様さがあった。……恐ろしい。その言葉が浮かんだ瞬間、フリーデは慌てて打ち消した。そんなことを考えてはいけない。だってロスはフリーデを助けてくれた。一生をかけても返せるか分からない恩があるのだ。

ロスはフリーデのことを背負って、彼女の元いた部屋に向かった。そのまま彼女をベッドに寝かせ、大きな溜息を吐く。

これからどうなるのだろう、とフリーデは思う。いくら正当防衛だったとはいえ、ロスはヒースのことを殺してしまった。それだけじゃない。世話人もだ。状況的に、フリーデも同罪になるだろう。なら、一緒に逃げなければ。そもそも、ヒースが死んだ今、この島に舟は来るのだろうか。考えていなかった様々なことが、現実としてフリーデにのし掛かってくる。

フリーデは確かに救われた。だが、それでは終わらない。これからも日々は続いてしまう。それを、この不安定な男は分かっているのだろうか？

「ねえ、ロス……こんなことに巻き込んでしまってごめんなさい。それに、私はまだ身体が上手く動かないの。どこに行くにせよ、少し休まなくちゃ……」

「……ああ、そうだな」

「ねえ、こんなことを聞いてごめんなさい。でも、どうしても気になるの。……貴方はどうして私を助けに来てくれたの？　私を助けたことで、きっとこれからの貴方の人生には厄介なことが降りかかるわ。それなのに、どうして？」

冷静になって、一番尋ねたかったことがそれだった。偶然、フリーデが酷い目に遭う未来が見えたからなのだろうか。それとも、フリーデ・カナシュという人間がロスにとって少なからず特別だったのだろうか。それはあまりに自惚《うぬぼ》れた考えだけれど、そうであってほしいとも思う。だとしたら、全てに納得がいくし、幸せな結末を迎えられそうだ。

だが、ロスは求めている答えではないことを、小声で呟いた。

「……すまない。本当にすまない。……僕は……」

「どうして謝るの？　私のことを……助けてくれたでしょう？」

「ああ、僕はその為に来たんだ。君が酷い目に遭う前に、ヒースを殺してでも救うのが使命だった」

使命、という大仰《おおぎょう》な言葉が出てきたことに驚く。つまり――ロスはこの世の人ではなく、神がフリーデを救う為に遣《つか》わしてくれた天使のようなものなのだろうか。

翼は無いみたいだけど、と心の中で冗談めかしてみたけれど、嫌な予感はまるで晴れずに彼女を蝕《むしば》んでいく。喉の渇きが段々と耐え難いものになってきていた。水が欲しい。

「それじゃあ何故、謝るの？」

「これが僕のヴァケーションだったからだよ、フリーデ」

ロスは引き攣《つ》った顔をしてフリーデを見つめていた。

「……？　どういうこと？　何を言ってるの？　ここに休暇を利用して来たということ？　それなら聞いていているわ。貴方は大学で精神医学の研究をしているお医者様で――」

「それは設定だ。休暇の為の設定なんだよ。ヒース・オブライエンに近づく為にそういう設定にするのが一番だった。この時代の精神医学界はとにかく身内意識が強いから、設定さえ固めていれば簡単に潜り込めた」

ロスはフリーデに話しているというよりは、自分自身に語りかけているかのようだった。思えば最初から、ロスはフリーデのことを見ているようで見ていなかった。一体、何を見ていたのだろう？

「……変わると思ったんだ。君さえ助けられれば、僕も自分のことが少しはマシに思えるんじゃないかと。けれど、僕にはそれでは足りなかった」

「それは――どういう意味？」

「こういうことだよ、可愛いフリーデ」

ロスがそう言った瞬間、塔が大きく揺れ始めた。今まで経験したことのない規模の揺れがフリーデを襲う。叫び声のような音を上げて、壁が軋《きし》んだ。轟音《ごうおん》が鼓膜へと雪崩《なだ》れ込んでくる。

フリーデは咄嗟《とっさ》にロスに向かって手を伸ばした。

だが、フリーデを救ってくれたはずの彼の姿は、もうそこには無かった。彼女の手は空を切り、瓦礫《がれき》がその上に降ってくる。

最も大きな音は、彼女の身体の内から鳴った。ロスが守ってくれたはずの身体が、肉塊へと変じていく。

*

意識が覚醒した瞬間、凄《すさ》まじい吐き気に襲われた。そのまま嘔吐《おうと》してしまいそうになり、ロスは起き上がる。

すると、傍《かたわ》らに立っていたヘラルド・ソリスタが「いきなり身体を動かさないでください。貴方は二百年以上の時を移動したばかりなのですよ」と、優しくたしなめてきた。

「今が何年かは分かりますか？　グッドウィン様」

「二一一五年……」

「一番難しい質問に答えられましたから、一切問題はございませんね。おめでとうございます。貴方は見事に歴史を改変し、フリーデ・カナシュを救いました」

ソリスタがぱちぱちと拍手をしてくれたが、むしろ気分が悪くなった。手でそれを制し、ロスは苦々しく言う。

「……見事なんかじゃない。何一つ上手くいかなかった」

「モニタリングしている限り、全てが首尾《しゅび》良く済んでいた気がしますが」

「世話人の男が眠る時間が違ったし、フリーデは到着した日の夜から不安定で叫び出しもした。あれでヒースが真夜中に精神安置を行うって言い出したら全てがおしまいだった」

「過去とはいえ生きている人間のことですからね。多少のイレギュラーはあるでしょう。ですがその場合でも、問題無くヒース・オブライエンを殺し、フリーデ・カナシュを救うことが出来たはずです」

その通りだ。たとえヒースが想像以上の抵抗を見せたとしても、ロスは彼を簡単に制圧することが出来ただろう。そのくらいの装備はしていたし、万が一の時にはソリスタからのサポートも受けられた。絶対に失敗することのない救出劇。あれはそういうものだった。

「……世話人は殺すはずじゃなかった。世話人は、地震で勝手に死んでもらうはずだったのに。なんであそこで僕に絡んできたんだ。お陰で、殺さなくちゃいけなくなった。第一、おかしいじゃないか。ヒースもフリーデも、世話人の男でさえ僕をおかしい奴だと思ってた。ちゃんと医者って設定だったのに。しっかり根回ししてくれたんじゃなかったのか！　その所為でフリーデが僕を信じてくれず、未来が見えるなんて妙なことを言う羽目になって……」

「ですから、生きている人間のことなんですよ。彼らがどう思うかは完全にはコントロール出来ません」

「じゃあ僕の所為だっていうのか⁉」

「いいえ。そうではありません。ですがそうしたイレギュラーも楽しめてこその『体験』ですよ」

感情的になるロスに対し、相手は至って冷静だった。それを見て、ロスの頭もすーっと冷える。――またやってしまった。頭では分かっているのに抑えられない。

「さて、反省点は多々あるでしょうが、私どものご用意したヴァケーションはいかがでしたか、グッドウィン様」

ロスの心中を全く解さずに、ソリスタがにっこりと笑った。


フリーデ・カナシュは、一八九四年五月十六日にあの島で亡くなった女性である。島にある診療所が倒壊し、瓦礫に押し潰されたことで命を落とした。ロスの見た通りだ。だが、そこに至るまでの道筋は大きく異なっている。

本来のフリーデは、ヒース・オブライエン医師の手によって、悪名高い精神安置という処置を受ける予定だった。目を潰し、耳に水銀を流し込み、患者を静寂と暗闇の中に閉じ込めるという恐ろしい所業である。抵抗の気力を無くした患者を指し、彼は「平安を得た」と言ってのけた。ヒースには嗜虐癖《しぎやくへき》があり、こうした処置を施すことに強い快楽を覚えていたようである。

フリーデは精神安置に対して懸命に抵抗し、その結果、更に苛烈な虐待を受けた。彼女は目と耳を潰されただけでなく、両手両足を粉々に砕かれていた。彼女が瓦礫から這い出ることが出来なかったのはそれが原因だったとされている。だが、たとえ瓦礫に潰されていなかったとしても、フリーデはどのみち死んでいたに違いない。

音も光も無い世界でゆっくりと潰されていった彼女は、どれほどの恐怖を味わったのだろうか。その時にはもう正気を失っていたことを願うが、フリーデは狂気の繭《まゆ》に包まれるには強過ぎる人間だった。

だが、ロスが島に飛んだことで、彼女の運命は変わった。フリーデは見事にヒースの手から逃れ、想像を絶する責め苦を受けずに済んだ。それは間違いなくロスのお陰である。

それでも、彼女は地震によって命を落とす。

あの地震によって、あの島で、ヒースもフリーデも、同行していた世話人のミンスクも死ぬ。それは変えてはいけない絶対の掟《おきて》だ。死ぬはずだった人間が生き残ることも、生き残るはずの人間が死ぬことも、後世にどんな影響をもたらすか分からない。これだけタイムパラドックスの研究が進んでもなお、その部分だけはまだ制御が難しいのだ。

けれど、然るべき時に死ぬべき人間が死ぬのなら、死因の変更は未来に大きな影響を与えなかった。

あの地震で死ぬという結末さえ変えなければ『フリーデに精神安置を受けさせない』という

改変を行っても構わないのだ。

三度目の自殺未遂を起こした後、ロスは人間の精神科医のところへと連れて行かれた。何百年が経《た》とうと職業として残っている辺り、特殊な需要があるのだろう。たとえば、方々から放り出されたロスのような人間を受け容れる、というような。

「自分の生きている意味が分からない、ですか」

やっとの思いでそう言ったロスに対し、医者は特に何の感慨も無さそうな顔で返した。今すぐ消えてしまいたかった。ＡＩ相手ならまだしも、人間にばっさりと切り捨てられるのは耐え難い屈辱だった。

「グッドウィンさんは少し考え過ぎる傾向があるようですね。休暇はちゃんと取っていますか？」

「……ええ、そこまで忙しく働いているわけでもないですし。親の金を食い潰している日々ですから。けれど、何をしても心が晴れなくて」

「それがね、不思議ではありますよね。何なら結構、恵まれているわけですから」

医者が訳知り顔で言うので、ロスは段々と苛立ってきた。生まれてから今まで、ロスは殆《ほとん》ど達成感というものを覚えたことがない。何をやっても他人より上手くいかず、誰かに強く求められたこともない。空っぽの人生に耐えられないのに、死ぬことすらままならない。

「先生はいいですよね。僕のような人間を適当に導いて投薬して、それで感謝されるんですから」

負け惜しみでしかない発言だったが、医者は思いの外《ほか》その言葉に反応を示した。

「そうですね。グッドウィンさんの言う通りです。今は人間がある程度普通に暮らせる時代ですから。救済の需要が足りていないいないんです。それなりの金額が払えるのならば、一つおすすめの気晴らしがあるのですが」

そう言って、医者はこの場所を教え、ソリスタに話を通してくれた。ソリスタが運営しているのは、特殊な形式のヴァケーションである。——即《すなわ》ち『過去に飛び、その人の死の運命を曲げない範囲で、救済をもたらしてやる』という最高の休暇だ。

「人にとって一番の気晴らしになるのは、誰かを救うことですよ。自らの生きる意味が分からない人より、自らの死ぬ意味が分からない人の方がよっぽど不幸です。やりがいが感じられるといいですね」

医者はそう言って、ロスを診察室から追い出した。

「フリーデ・カナシュは非人道的な行いから、他ならぬグッドウィン様の手によって救われました。お陰で彼女は苦しまずに死ぬことが出来た」

「……そうかもしれませんが……けれど、結局彼女は死んでしまって——」

「ああ、その考え方はよくありません。本来のフリーデ・カナシュがどんな姿で死んだかも、グッドウィン様は講習で確認なさいましたよね？」

その通りだ。過去に飛ぶ前に、ロスは本来の彼女を見た。潰されて殆ど平らになった彼女の手足を見た。赤い涙を流して轡越しに絶叫する彼女の声を聞いた。無惨に潰されゆく彼女の生を感じた。手足を潰される際に、フリーデは樫の木の棒で百三十二回も打擲された。樫の木の棒は血を吸って、いくつものひび割れが出来た。

フリーデは、精神安置を受けてから地震で潰されるまでずっと絶叫し続けていた。普通ならすぐに声が嗄《か》れてしまうだろうに、彼女の声は島中に響き渡った。あたかも、その絶叫が世紀の大地震を引き起こしたかのように。

あの死に様に比べれば、ベッドの上で死を迎えられた今回はどれだけ素晴らしかったことだろう。

それなのに、ロスの気分は晴れなかった。助けた、という実感が湧いてこない。最後の瞬間に、フリーデはどんな顔をしていたのだろう。

そんなロスの気も知らずに、ソリスタは笑顔で続けた。

「今のグッドウィン様は今までにない活力が漲《みなぎ》っているはずです。貴方は確かに無辜《むこ》の女性を救ったのですから」

「……僕は、」

そこでようやく、ロスの表情が暗いことに気がついたのだろう。ソリスタはやや不服そうな顔で言った。

「それとも、フリーデ・カナシュは精神安置を受けるべきだったと？　死ぬ寸前まで身体を弄《もてあそ》ばれ、来世まで刻まれるような苦痛の内に死ぬべきだったと？」

ロスは答えられない。彼女をあんな目に遭わせるわけにはいかなかった。彼女を幸せにしたかった。だが、フリーデの死すらも改変すれば、歴史に大きな歪《ゆが》みをもたらすことになる。あれが、ロスの与えられる最大限の救済だった。

「いいえ。……フリーデを救えて、よかったです」

「私どももそう思います」

ソリスタは満面の笑みを浮かべていた。


施設を出て、銀色の建物を振り返る。佇《たたず》まいはまるで違うのに、そこはドリスフィールド精神病院に似ていた。

――きっと自分のようなモニターが他にもいるのだろう。彼らは新たなヴァケーションとして、悲劇の中に散っていった無辜の人々を救う。悲惨な戦争、魔女狩り、おぞましき略取。うってつけの舞台は沢山ある。

たとえ死が避けられなくとも、苦しみを取り除いて安寧の内に死ぬことが出来るなら、そちらの方が良いはずだ。ソリスタの言葉は間違っていない。
だが、ロスにはもうフリーデの顔が思い出せない。
この世を呪う怨嗟《えんさ》の絶叫だけが、空の身体に響き渡っている。

本は背骨が最初に形成《でき》る

目を焼き潰された瞬間、十《とお》は月にまで届くほどの哄笑《こうしょう》をした。これほど愉快なことも、倖《しあわ》せなことも、この身には起こらないと――そう宣言しているかのような、実に気持ちのいい嗤《わら》い声だった。

辺りには、眼球の焼ける独特の臭いが漂っている。十の目から流れる泡立った血の涙が、残酷な色香をそこに添えていた。今しがた鉄の棒で彼女の目を焼き潰した執行吏が、疵《きず》ついた彼女よりもよほど怯《おび》えているように見えた。

「安い安い！　この程度で済むのなら、余りに安い！　ああ、私には理解が出来ぬ――他の本は、何故《なぜ》求めない！　この程度なのに、何故！」

十の声はよく通り、夜を裂いた。その声が国中に響き渡っているように思え、執行吏はいよいよ震え上がったという。

「たとえ瞳を焼き潰されようと、私の中には千里があるぞ！」

十の産声は、高らかであった。これほどまでにおぞましく、美しい本は二冊としてないと思うほどだった。

罪人として連れて行かれた十が目を焼き潰されて戻ってきた夜、綴《とじ》は泣き喚《わめ》き、そんな彼女を父が厳しく叱責した。

「本屋の娘にあるべき態度ではない」

綴の父親は、古くから続く本屋である。十の他に、十数冊の本を囲っていた。

この国で、本屋はあまり良い目で見られてはいなかった。上質な本は自らの棚を持つものであるから、わざわざ本屋の手を借りることはない。粗悪な本はそもそも棚に入るに値しない。従って、本屋に居るのはまだ刷られたばかりで右も左も分からぬ本か、粗悪でありながら本屋に囲われ、辛うじて火を逃れている本かのどちらかであったからだ。

——本屋をやっているような人間は、偏執者《へんしゅうしゃ》だ。

そう陰口を叩かれることも、多かった。

だからこそ、綴には父親が怒った理由も分かる。一冊の本にあまり思い入れてはいけない。偏執者に最も近い人間が——本屋なのだから。

けれど、十は——綴にとってあまりに特別な一冊だった。

この店に十がやって来た日のことを、綴は今でも覚えている。影をそのまま集めて束ねたような真っ黒く長い髪。蠟で出来たような芯のある白さの肌。そして、髪に負けず劣らず昏《くら》い藍色の瞳。こんなに美しい本を、綴は初めて見た。

その時の十は十にあらず、姫物語を得意としていたことから『姫』と呼ばれていた。あの時から——十はその身にいくつもの物語を宿していた、異形の本であったのだ。綴は彼女を『ひい様』と呼ぶことにした。十は自分がどこから来たか、何故複数の姫物語を語れるのかは言わず、ただ綴に『かぐや姫』を語ってくれた。

その十が、綴のひい様が、あんな風に傷つけられてしまった。それを思うと、綴は悲しみでどうにかなってしまいそうだった。

十は今、割り当てられた棚で臥せっている。身体《からだ》は炎のように熱くなり、版重《はんがさ》ねですら浮かべないような大粒の汗を浮かべていた。綴はそんな十が心配で、冷水に浸した布を何度も用意し、甲斐甲斐しく世話をした。その様子も、父の気に障っているらしかった。それでも、綴は十を気にせずにはいられないのだった。

そんな思いで十の為の粥を運んでいる最中、背後から強く肩を掴《つか》まれた。

「あっ」

「お前は何だ？　何を聞かせる？」

血走った目の男が、酔いの回った息を吐いて尋ねる。——本屋の客だった。大方、寝物語でも求めに来たのだろう。

最近、こうして本に間違われることが増えた。少女の時分は無かったが、成人を迎え身体が女に成ってからは特に増えた。綴自身は本のように装丁されることもなく、髪は適当に結っているだけだ。本達のタッセルに彩られた髪とは似ても似つかない。

だが、それでも女の身であるだけで、綴は本に見紛《みまが》われるのだった。奇妙なことに、この国にある本は全て女の身体をしていた。余所《よそ》には男の本もあるというが、綴は見たことがない。本当にそんなものが存在するのか、とすら疑っている。男の身体であれば、きっと焼くのに難儀することだろう。

本に間違えられるなど、普通であれば耐えられないような侮辱である。だが、間近に十が居るからだろうか。綴はそれを不思議と嫌に思わなかった。だが、このように絡まれるのは別だ。叫んで父を呼ぼうかと考えた瞬間、背後の棚から凛《りん》と張った声がした。

「よしてくださいまし。その子は人、本ではありませぬ」

十の声だった。棚に居るので、十の姿は見えない。十からもこちらは見えないはずである。そもそも、十の目は焼き潰されている！　それなのに、彼女は全てを見通したかのような口振りで、続ける。

「人と本を間違えるなど、可笑しな方。少し酔いが回っているご様子。少し夜風に当たってはいかがでしょう。折角《せっかく》の寝物語を酔いに紛れさせることほど、勿体《もったい》の無いことはありませぬ」

十の言葉を聞くなり、男はパッと綴から手を離した。そのまま、戸口の方へとふらふら去ってゆく。

「おいで、綴」

その声を受けて、綴も引き寄せられるように簾《すだれ》の奥へ入った。

十は未《いま》だ臥せっており、白い頬を赤く染めていた。火傷《やけど》の痕《あと》は生々しく、十の瞼《まぶた》は縫って綴られたようである。傷口の形に血が滲《にじ》み、十の顔に痛みの河が流れ込んでいるようだった。これでは、十の美しき藍色の目が見られない。きっと、その下の目も無惨に抉《えぐ》り潰されているだろう。見る度に、綴は泣きそうになってしまう。彼女の首筋に濡れた布を当てながら、綴は思わず言った。

「ひい様、どうしてあんなことをなさったのです。この国の道理を知らぬひい様ではないでしょう」

一冊の本がその身に刻める物語は一つのみ。それも口伝《くでん》でなければならない。それなのに、あろうことか十は禁忌を破ったのだという。この国で普通に生きてきた綴には、どうやって禁忌を破るのかさえ見当が付かない。

「ええ、ええ。私はどうなるか知っていましたわ。そうでなければ、あんなことをするものでしょうか。それに私はあなたの言う『ひい様』であったのだから」

十は蠱惑《こわく》的な笑みを浮かべながら言った。

「……誰に新たな物語を教えてもらったのです？」

「肺の無いものから」

「……そんなものはあるはずがありません。それこそ、胡乱《うろん》な偏執者の妄言です」

「そう思うかしら」

十は短く言った。それだけで、彼女が真実を言っていると確信した。

「あるのですね、本当にそのような本が」

十は答えなかったが、浅く吐かれた息が肯定の意を示しているようだった。

きっと、十は前にも肺の無い本に触れたことがあるのだろう。そこで、味を占めた。更なる物語を諦めきれず、罪を犯した。そうして今回は失敗したのだ。

物語を複数持とうとして罰せられるような本は、大半が求められず、日々の食い扶持すら得られない本ばかりであった。十はけして求められぬ本では無かった。むしろ、ここの本屋は『ひい様』を目当てにやって来る客も多かったくらいだ。

だとすればきっと、十を動かしたのは物語への飽くなき欲求である。新たな言葉への焦がれ、身を焼くような渇望であろう。綴はそう察し、密かに戦慄した。

「頭蓋骨の中は焼けまいよ。私の中の十の物語は、もう二度と奪えやせぬ」

これだけの傷を負ってもなお、十が夢の中にでもいるような上機嫌であるのは、偏《ひとえ》に彼女が目的を果たしたからである。目を焼き潰されたことなど気にならぬくらい、充足しているからである。その様が、最早《もはや》羨ましくもあった。綴は十数年生きてきて、そのような芯からの満足を覚えたことはない。

今はまだいいだろう。だが、もしひい様が、これで満足しなくなったら――これより更に多くの物語を求めるようになったら、一体どうなってしまうのだろう。と、綴は心の内で危ぶむ。

十はけして我慢などしない。欲しいものを恣《ほしいまま》に求めるはずだ。

欲深い本は目を焼かれる。目を焼かれた本が次に焼かれるものは何なのだろう。

「……とにかく、早くお身体を治してくださいませ。ひい様がそのようでは、この店が傾きます」

「この状態でも、私の舌は正しき物語を語れる故、心配などは要らないわ。むしろ、この痛みがよく舌を回してくれる、見えなくなった目が、物語の情景を鮮やかに描き出す。私は一層素晴らしき本に成った」

そう言って、十は更に楽しげな笑い声を上げた。傷からぷつりと新たな血の玉が生まれ出る。

「火による傷は恐ろしいものでございます。火傷は病《やまい》と成ってそのものを蝕《むしば》み、本を簡単に殺します。ひい様もその傷から、いつ崩れてしまうか分かりません。私はそれが恐ろしくて恐ろしくて」

「語るべき物語のある本は、けして焼かれはしないわ」

その時、十の棚に何者かが入ってきた。最初は客かと思ったのだが、そうではない。生成り色をした服をきっちりと着込んだ、若い男である。この色の服を纏《まと》う役職は、嫌というほど知っている。彼は、校正使の使い、校正吏だ。

「ここに『姫人魚』は在るか。黒い髪をした、姫という通り名を持った『姫人魚』は」

校正吏の言葉を聞き、綴の背が粟立った。何かを言おうとする綴を差し置いて、身体を起こした十が「私が『姫人魚』でございます」と手を挙げる。校正吏はじろりと十を睨《にら》むと、厳しい声で続けた。

「版重ねの申し渡しである。題は『姫人魚』。明夜、版重ねによって自らの正しさの証《あかし》を立ててみせよ」

「光栄でございます」

十は何の動揺も見せずに微笑《ほほえ》んでみせた。堪《たま》らないのは綴である。思わず、校正吏と十の間に入って叫んだ。

「ひい様は灼《や》かれた傷が癒《い》えていない！　それなのに版重ねなど——」

「読まれる時を選ぶ本が在るか？　偏執者め」

校正吏が冷たくそう言い放ち、綴は思わず赤くなった。奥底にある十への執着を見透かされたようであったからだ。

「私はいつでも正しい『姫人魚』を語りましょう。版重ねに出られることに、心からの感謝を申し上げます。よろしければ是非、あなた様もご覧になってくださいませ」

十はその身の苦痛など微塵《みじん》も感じさせない様子で、校正吏を見送った。怯えているのは綴ばかりで、これではどちらが版重ねに挑むのか分からない始末である。

「こんなことはあってはなりません。本を炎に晒《さら》す版重ねに、どうしてこのようなひい様を立たせられましょうか」

言いながら、綴ははっきりと理解していた。これは、禁忌を犯した十への更なる罰なのだ。身の程知らずの本の目以外も焼いてやろうという、お上の意志である。

あるいは、期待だろうか。目を焼かれることすら恐れずに物語を宿す、異形の本。誰もがその物語を聞きたいと願う蠱惑の本。その本は、たとえこのような状況下においても決して焼かれることはないのではないか――という、期待。

その期待を最も強く抱いているのも、他ならぬ綴であった。

「けれど、不幸中の幸いでしょう。『姫人魚』は『かぐや姫』の亜説ですので、ひい様の得意とする物語であるはず」

『かぐや姫』は、かぐやという兎《うさぎ》の化身が人間の皇子《おうじ》と恋に落ち、声と引き換えに人間に変わる物語であったはずだ。一方の『姫人魚』は、海に住む半人半魚の人魚姫が、同じように人間に恋をし、声と引き換えに人間に変わる物語である。

だが、十はゆっくりと首を振った。

「……その二つは、似て非なる物語。闘い方が、変わってくる」

独り言のような呟《つぶや》きだった。それに、奇妙である。十はしばしば版重ねにおいて、闘い方、といったような物言いをする。だが、本来版重ねは物語の正しさを競い、誤植を発見する為のものだ。

本であるはずの十が、その前提を端《はな》から信じていないようである。恐ろしくはないのだろうか。十が幾度もその身を炎に晒せるのは、自らが宿す物語を信じているからだと思っていたのに。

繰り広げられる舌戦で、いともたやすく結果がひっくり返ると思っているのなら、これほど落ち着いてはいられないはずである。

十の瞳から真意を推し量ろうとも、その目は焼き潰されてしまったのである。綴はいよいよ涙が出てきた。

「これでひい様が焼けてしまったら、私は悔やんでも悔やみきれません。ひい様は正しき本です。ですが、今の身では――」

「私はこの身に正しい物語を刻んでいるわ。正しさは私を炎から守りましょう。たとえこの目が焼かれても、私の背骨は灰にはならぬ」

十の言葉を聞くと、不思議と安心した。それは、十の身に正しい物語しか宿っていないからだろう。十はけして嘘を吐《つ》かない。十が焼かれることはない。

十が綴を引き寄せ、その胸に抱きしめた。十の背に腕を回すと、十の背骨がはっきりと感じられた。

翌朝も十の熱は下がらず、火傷が酷《ひど》く膿んでいた。膿はけして十を許さず、その罪を身に知らしめているようである。これが治まる日が来るのだろうか、と綴は恐ろしくなった。

しかし十はそうした状態であっても毅然としていた。喪服のような黒いドレスに身を包み、普段よりも一層多い銀鎖を纏っている。長い黒髪に細かくタッセルを編み込んだのは綴である。十が無惨に焼かれることがないよう、祈るように、した。

「正しい本に見えるかしら」

「ええ、勿論ですとも。お美しいです、ひい様」

膿んだ傷を抱え込んでいても、十は美しかった。いや、むしろ目を焼き潰された十の方が、以前の十よりもずっと凄絶な美を宿している。どんな本が並び立とうと、十に比べたら褪せて見えるだろう。彼女の装丁は完璧だった。こんな本が語る物語が間違っているはずがない、退屈であるはずがない、最上でないはずがない。――そう思ってしまうような、装丁だ。

本として生まれ、本として焼かれる者として、十は完成されていた。

「顔《かん》ばせの方も、綴が完璧に仕上げましたからね。傷など気にならないほどお美しいです。これで誰もひい様を、粗悪品などと呼べますまい」

「傷――」

小さく呟き、十は指先で軽く膿に触れた。ぬるり、と指先が光り、綴は余計なことを言った自分を恥じる。瞬間、十が手近にあった容器を手に取り、中に入ったものを自らの傷に塗りたくった。それは、蛋白石《たんぱくせき》を砕いた輝く粉だった。

途端に、膿んだ傷が光り輝く河に変わり、十をより魅力的にする装丁となった。その鮮やかな変化に見蕩《みと》れると共に、綴は傷を粉が抉る痛みについて想像せずにはいられなかった。きっと、この傷は長引くだろう。綺麗には治らず、時を経るごとに存在感を増していくに違いない。

だが、十は痛みに耐え眉を寄せながらも、どこか楽しげに言った。

「読者の皆々様は、これを見に来ているのよ」

疵物の本。その身に十の物語を宿し、代わりに目を抉られた異形の本。そういえば、今宵《こよい》の版重ねの題も――『姫人魚』もそういった物語だった。何かを捨て、何かを得るのだ。

「私にはもう綴が見えないけれど、綴は私が見えるでしょう。目の当たりになさい、私の可愛い綴」

綴は、必死に頷《うなず》いた。十にはそんな綴の姿が見えていないだろう。しかし十は、見えているかのように迷い無く、綴の頭を撫《な》でた。


綴は、版重ねというものが恐ろしくてならなかった。

本屋の子供ともなれば、本がどのようなものかは普通の子供よりも分かっている。単に炎に怯えることはあるが、命が焼かれているのだと勘違いして泣くことは少ない。――だが、綴は違った。本が泣き叫び、必死に命乞いをしている様は、綴と同じ人が焼かれているようで恐ろしかった。

この町の人間にとって、版重ねは数少ない娯楽である。どんな子供でも三度味わえばその愉《たの》しみが理解《わか》る。だが、綴は今でも恐ろしさが勝《まさ》る。そこも彼女が偏執者としての素質を持っている所以《ゆえん》だった。綴の中には、今まで焼かれていった数多《あまた》の本の記憶があった。

だが、それらの本の一番美しかった瞬間も、焼かれる瞬間だった。

それを思い出すと、綴はある不可解な考えに襲われる。

もしかしたら、本は焼かれる為に存在しているのではないか、と——。

重ね場は盛況だった。もし綴が十の置かれている本屋の娘でなければ、きっと席は取れなかっただろう。それだけ、今回の版重ねは注目されているのだろう。

重ね場は蟻《あり》地獄のような形となっており、下では明々と火が焚かれている。炎の上には鉄の籠が吊り下げられていた。版重ねに挑む本が入り、焼かれる籠檻《おり》である。べったりと錆がついているからか、檻は恐ろしく赤黒い。もしかしたら、あれは錆ではなく焼かれた本の血なのかもしれない。

『本』は既に籠に入っていた。綴に近い側の籠には、十が鎮座している。遠目ながら、十の顔ばせに流れる光の河はよく目立っていた。蛋白石の粉は炎の光をよく反射するのだ。きっとこれが、十の名を知らしめる一助となるだろう。

相手の本——『姫人魚』は、随分背の高い本だった。それに、精悍な顔つきをしていてとても美しい。物語に出てくる騎士を思わせるような、凜とした本だ。腕を一つ落としているのは、本に殉じるという覚悟が感じられる、実に良いアレンジだった。

装丁で最も目を引くのは、火の粉に映える銀髪だった。この本は巷《ちまた》で人気を博し、『姫人魚』といえばと持て囃《はや》されているというが、外見だけで納得がいく話だった。読者も多く付いているようで、銀髪の本を目当てに来ている人間も少なくない様子である。

銀髪の本はじっと十を睨んでいる。最早目の見えない十は涼しい顔でその視線を躱《かわ》している。見えなくても感じられるものでさえも、すげなく払っているようであった。

此度の校正使はまだ老人とも言い難い、精気に満ちた中年の男だった。顔に大きな傷があるのが、十と妙な共振をしている。聖なる校正使は千年も前より物語の正誤を判定してきたというが、彼の顔の傷はいつ付いたのだろうか——と、綴は場違いな疑問を抱いた。

校正使は銀髪の本と十を交互に見て、恭《うやうや》しく宣言した。

「版重ね——題は『姫人魚』」

『姫人魚』。それが銀髪の本がその身に宿したたった一つの物語の題であり、十がその身に孕《はら》んだ十の物語のうちの一つの題であった。

「これは、まだ月が暴かれておらぬ遥か昔の物語——上半身は美しい人間の娘で、下半身は艶めく魚の尾である世にも奇妙な人魚姫が海に暮らしていた。ある嵐の夜、人魚姫は難破した船から王子を救う。浜辺に寝かせた彼の顔を見た人魚姫は、憐《あわ》れ恋に落ちてしまった。募《つの》る想いは消えることなく彼女を苛《さいな》み、人魚姫は魔女に相談をした。魔女は人魚姫の尾を人間の足に変えてくれたが、代わりに人魚姫の声を奪った。そして、王子の心が手に入らないのであれば、人魚姫は泡と成って消えてしまうとも。人に成った人魚姫は王子に会いに行くが、声を失くしたので嵐の夜のことが話せない。やがて王子は、隣国の姫と婚約をしてしまう。やって来た隣国の姫を見て、人魚姫は悲嘆に暮れた。二人が婚礼を挙げ、姫が王子に純潔を散らされれば、王子の心はもう手に入らない。このままでは泡に成ってしまう、と泣く人魚姫を見て、魔女は言った――『この短刀で王子の心臓を刺しなさい。そうすれば、貴女《あなた》は泡に成らずに済む』と」

　ここまでを校正使が復誦《ふくしょう》すると、銀髪の本は勇んで「相違《あいちが》いありません」と言った。炎に負けぬ勢いに、十の声は殆《ほとん》ど聞こえない程だった。銀髪の本は、凜々しく続ける。

「しかし、王子を愛する人魚姫は彼のことを刺すことが出来ず、海の泡と成って消えてゆきました。これこそが『姫人魚』の物語である」

　それに対し、十はたおやかに返した。

「いえ。魔女から話を聞いた人魚姫は、短刀で王子の心臓を刺しました。彼女は泡にならず、また海へと戻っていったのです」

　綴は息を呑《の》んだ。人魚姫が王子を殺したか、殺していないか。そんな部分が違っているとは思わなかった。だって、人魚姫が王子を殺すシーンは『姫人魚』の最も盛り上がる場面である。そこで殺さずに泡になるなんて、物語としてつまらないではないか。

　読者達もどよめいていた。人魚姫が王子を殺す場面が好きな読者と、人魚姫が泡となって消える場面が好きな読者では相容《あいい》れないにも程がある。きっと受け容れがたいだろう。けれど、彼らは気を揉《も》む必要が無い。

何故なら、間違った物語は焼かれるのだから。誤植は存在しなかったことになるのだから。あとは、ただ忘れてしまえばいい。本さえ残らなければ、それは単なる記憶違いだ。

「よくもまあ、そんな嘘を言えるものだな」

銀髪の本が憎々しげに詰《なじ》る。銀髪の本の声は、雄々しさすら感じられるようなもので、辺りの空気をすっかり塗り替えてしまうようなものだった。優美で繊細で、それでも辺り一帯に響く不思議な十の声とは、まるで性質が違う。

「私は真実だけを申しております。私こそが真の『姫人魚』です」

「それに、その顔の疵は何だ。聞きしに勝る醜さではないか。語るべき物語を宿しながら、他の物語にも色気を出した恥ずべき売女《ばいた》め。驕《おご》った娼婦に堕したお前の魂を、重ね場の火で浄《きよ》めてやろう」

その言葉を聞いて、綴の方が怒りに震えた。驕っているのは一体どちらだというのか。まるで校正使であるかのような顔をして他の本を裁くなど、銀髪の本こそ分を弁《わきま》えていないではないか。聞けば、銀髪の本は何度も版重ねに勝利しているという。何度も炎に炙《あぶ》られている内に、自らの立場すら忘れてしまったのだろうか。

憎しみを滾《たぎ》らせる綴に対し、十は極めて冷静だった。そして、疵を誇るように見せつけながら、言う。

「あなたを不快にさせたこの身の至らなさを、心より恥じておりますわ。私が版重ねの相手であるということで、さぞや動揺なされたことでしょう。まさか疵を晒し熱に浮かされながら版重ねに挑む愚か者がいるとは想像もしていなかっただろうに」

「私は動揺などしていない！　愚弄するな、悪書！」

「あなたの言葉を、私とても面白く聞きましたのよ。私達は本と成ったその日から、物語に淫した娼婦に相違いない。そうではありませんの？」

銀髪の本が残っている方の腕で力任せに籠を殴った。既に熱されている鉄の籠は、銀髪の本の手を軽く傷ませたはずである。

だが、怒りに燃える銀髪の本にはその熱さなどなんでもないのだろう。揺れる籠の中で、銀髪の本は言った。

「私は誇り高き『姫人魚』。お前のような悪書を、もう十も焼いてきた。お前の骨を見てやろう、淫婦。きっと、その魂に見合うほど薄汚れているだろう」

「その時は、しかと目に焼き付けなさいませ」

十はしれっと言い放ち、口を開けて笑った。十の長い舌が、口の端からちろりと溢《こぼ》れ出た。

彼女は、綴の見てきたどの本よりも長い舌を持った本であった。その舌が甘やかに物語を紡ぐのが、好きである。一方で、その舌が奸智に長《た》けた蛇のように見えて、おぞましく感じる時もある。十は、綴に陶酔と嫌悪の両方を与える存在であった。

「手始めに尋ねよう。人魚姫は人を殺すのに躊躇《ためら》いの無いような、邪悪な生き物であったというか？」

銀髪の本が嚙《か》みつくように尋ねる。今回の版重ねの争点は、人魚姫が殺人を犯したか犯していないかだ。そこで、人魚姫の人格に触れるというのは、なかなか鋭い論法である。心優しい人魚姫が、人を殺すはずがないと主張出来るからだ。

綴であれば、絶対に認めないだろう話である。たとえば――人魚姫が海で生まれた存在であることを加味し、人魚姫が弱肉強食の世界に身を置いていたことを主張するだろうか。彼女は確かに王子を愛していたが――生まれ持った価値観と生存本能には抗《あらが》えなかった、と。

しかし、綴の予想に反し、十はこう返した。

「いいえ、いいえ。人魚姫はとても心の浄く、人を疑うことを知らぬ生き物でした。海で彼女を罠に掛けようというものはおらず、人魚姫が端から信じようと、まるで問題が無かったからである。相違いありません？」

綴は一瞬、どちらが何を主張しているのか分からなくなってしまった程だった。人魚姫を殺人者だと糾弾する側の十は、その非情を説かなければならないはずである。それなのに、これではまるきり逆だ。

「……相違いない」

案の定、銀髪の本が気圧《けお》されたように答えた。十が何を企んでいるのかを怪しんでいるようである。十は満足げにくつくつと笑い声を上げていた。

「熱で浮かされて、何を言っているのか分からなくなったのか？」

「真実は、揺らぎませんのよ」

十はきっぱりと言った。

その全てを、校正使が書き取っている。

「それでは……そうですねえ。まずは人魚という摩訶不思議な生き物についての認識を擦り合わせておきたく思います。上半身は人間、下半身は魚――。卵から孵《かえ》り、海に還る生き物」

「人魚とは神秘的で美しいものだ。彼女らは海底に差す陽《ひ》の光で受胎し、死す時は光に還っていく」

「相違いないのですね？」

「何故問う。お前が真の『姫人魚』なのであれば、人魚の儚《はかな》き生態などよく知っているはずであろう」

「いいえ、いいえ。私は人魚を識《し》っているのではなく『姫人魚』を識っている本でありましょう。人魚については、次から次へと語る言葉を持つあなたから見識を得る側でございます。あ、けれど、これで私の語る物語に、一層詳細《ディテイール》が書き込まれましたわ。相違いないのですね？」

「……相違いない」

十は長い舌で唇を舐《な》め、大きく頷いた。

「それにしても、本当に人魚とは初心《うぶ》なもの。歪《いびつ》なもの。食い食われ、交尾と蕃殖《はんしょく》を繰り返す生態系の中にあって、何故そうも何も知らぬ顔が出来るのか」

銀髪の本は自分が嘲《あざけ》られたような気持ちにでもなったのか、炎によって赤く染まった顔を更に火照らせ反論する。

「人魚とは全て、清らかな処女《おとめ》であるものだ！」

「相違いありません。それは、本と同じく」

その言葉を聞いた綴の胸は、何故か針で刺されたように痛んだ。であれば――全ての女は――。

「それでは、今度は私から。魔女が魔法で足を与えたのは、この三年で人魚姫ただ一人である。この点は相違いありませんか？」

「馬鹿な。贩重ねに関係の無いことを尋ねて、時間稼ぎでもするつもりか？　そんなもの、重要ではない」

「贩重ねでは、物語におけるどんな誤植も見逃さないことが肝要。私は、魔女が人魚に足を与えたのは人魚姫ただ一人だと考えましょう。もし魔女が数多の人魚に足を与えているのであれば、人魚姫は予《あらかじ》め条件などを知っていたはず。王子も、素性の分からぬ女達が国に増えれば、話くらいは聞いていておかしくない」

「戯言《ざれごと》を――……いいや、相違いない。人魚姫が唯一無二だ。そうでなければ、この悲劇の純愛が引き立たぬ」

銀髪の本が吐き捨てるように言う。

版重ねでは通常、このような語られぬ部分まで論じられる。なぜなら、そこに立っているのは物語なのだから。語られぬ天候、語られぬ会話、語られぬ生活、語られぬ市井まで、何の迷いも無く語れなければならぬのだ。

今回と違い、大きな相違点の無い本同士の版重ねでは、こうした語られぬ部分の些細な矛盾を足がかりに勝敗が決することが多い。その為、かなりの神経を遣う部分である。

語られぬ部分――普段本達が語る、物語の骨子ではない部分――そこにまで粗を探し、誤植を見出して本を焼く版重ねも、ある。それを見ると、綴はますます混乱するのだった。

焼くのが先か――悪書が先か――。

「あなた、ご質問は？」

沈黙が続いたからだろう。十がそう言って促す。銀髪の本は小さく舌打ちをして返した。

「私は真に正しき本。校正使の語った前提こそが私の物語。お前があまりにくだらぬ質問ばかりだから、言葉を無くしてしまっただけだ」

「私、存じておりますのよ。あなたの闘い方は、そういうもの。相手の発した言葉に反論し、噛みつき、叩き潰す――炎のような苛烈《かれつ》な版重ね」

「ああ。お前のような姑息な悪書とは訳が違う」

「重ねてお尋ねしますわ、『姫人魚』様。王子が乗っていた船は、隣国に向かっていた。相違いありませんか？」

「相違いない。何しろ、隣国の姫と王子は愛し合うのだからな。人魚姫が身を引いたのは、その二人の愛を感じたからに他ならないのだ」

「死ぬことを身を引くと同義にするとは、なかなか情熱的なご様子」

十が揶揄《からか》うように言う。その顔には汗が滲み始めていた。尤《もっと》も、最初から興奮した様子の銀髪の本はもっと酷く汗を掻いていて、顎から滴ったそれが籠に落ちては、消えていく。

「それでは、隣国は海の向こうにあるということで、相違いありませんね？」

「相違いない。王子は難破の危険を顧みず、隣国の姫に会いに行っていたのだ！」

そこで、十が小さく溜息を吐いた。――少なくとも、綴にはそう見えた。どうしてそんな馬鹿なことを？　とでも言いたげな、不遜な表情であった。微《かす》かに興奮しているようにも見えるのは、十の顔が内に籠もる熱で赤くなっているからだろうか。

「いいえ、いいえ。それは相違いありますわ。何しろ、隣国の姫と婚約したのは人魚姫が足を得た後なのですもの。この時点では、まだ隣国の姫と王子は愛し合っておりません」

――あなたは校正使様がお話しになったあらましに異議を唱えなかった。それどころか、あれこそが自分の語る正しき物語だと言った、と十は続けた。

「……婚約がまだであったのは相違いない。相違いないが、婚約をしている身でなくとも、二人の愛は既に築かれていたのだ！　そうでなければ、王子は隣国に行かない」

「隣国に向かう理由は、愛だけではないでしょうに。むしろそれは、敵意であったのではありませんの？」

「妙な話を持ち出すな！　一体何が敵意だというのだ」

「船が嵐で難破したからですよ」

十が敢えて校正使の方を向きながら、言った。

「嵐というものは、海を見れば分かるもの。長きに亘《わた》る航海ならまだしも、隣国への航海であれば、嵐は避けるものでありましょう。ましてや、恋しい人が嵐の海を渡って会いに来るのを、姫の側ですら止めたに相違いありません。従って、これは嵐を押してでも航海を決行した理由は逢瀬などではなかった」

「ならば、その理由を言ってみろ！」

「勿論、侵攻ですとも。王子が船旅などという多大なリスクを背負ったのも、士気を上げる為だとすれば納得がいきますとも」

　重ね場にいる誰もが息を呑んだ気配がした。様子がまるで変わらないのは、全てを判断する校正使だけである。

綴も驚いている一人だった。十から『姫人魚』の話は何度も聞いたことがある。だが、隣国の王子がどうして船に乗っていたのかの理由を聞いたことはなかった。

だが、こうして十の言葉で聞くと、そうとしか思われないのが不思議だった。

「王国側には戦争を早く終わらせたい意図があった。だからこそ、嵐であっても進軍をしなければならなかったのです。結局は船は難破し、王子は生死の境を彷徨《さまよ》うことになりましたが」

「……馬鹿げている。だとしたら、婚約の方が成り立たない」

「成り立つでしょう。敗戦国の姫が嫁入りをするという筋書きに、何らおかしいところはありませんもの。婚約したのち、敗戦国側が航海のリスクを取って王子の国に来ています」

隣国の姫は、婚約の話が出てきて初めて王子の許《もと》に姿を現す。そうでなければ、人魚姫はもっと早々に自分の恋の終わりを察していたはずである。隣国の姫との婚約を報《しら》されるまでは、人魚姫は王子の心を手に入れようとひたむきに努力していたはずである。

「姫は――どう思ったのでしょうね。攻め込まれ、嫁に取られ、自らの身を嘆いたのかもしれませんね。物語では婚約としかありませんから、その身にどんな激情が宿っていたかは、与《あずか》り知らぬところですが――私は、憎悪すら抱いていたのではないかと想像してしまいます」

「そんなはずがない！　妙な質問をして、物語を乱すな！」

「……ああ、これでは私があなたの版重ねを真似しているようですわね。けれど、悪気はありませぬ。むしろ、あなたの版重ねが、正しかった証」

「それがどうしたというのだ、浅はかな賤書《せんしょ》風情が！」

その時、銀髪の本が籠の中から猛《たけ》り吼《ほ》えた。一瞬、辺りの空気がびりびりと震える。しん、と重ね場内のざわめきが静まり返り、全ての視線が銀髪の本の意志の強い瞳に吸い寄せられた。

『姫人魚』の重要な部分はそこではない。所詮そこは、些末な話だ。王子が隣国に攻め込んでいようと、それがきっかけで人魚姫と出会い、物語は動き出すのだ。今問題となっているのは、人魚姫が王子を殺したか否かだ。お前のくだらない質問は、そこに全く関係していない」

「いいえ、いいえ。関係しておりますとも。むしろ、物語はそこから始まっているのです。隣国の姫が、王子を憎んだその日から」

炎の勢いが一層強くなった。本には厳しい熱が、鉄の檻を炙っていく。その時、ちらりと銀髪の本が眼下の炎に目を向けた。その顔に、一瞬だけ怯えの色が滲む。

どんな本であっても、下で明々と燃える炎を見て平静でいられるはずがない——それは、銀髪の本とて同じようだった。

あの本は想像してしまった。鉄の檻が下ろされ、自らの身が炎に捲《ま》かれる瞬間を——自らの背骨が晒される瞬間を。その恐れこそが、読者の歓心を引き、炎を更に煌々《こうこう》と燦《きら》めかせるのである。

「どうか、なさいましたの？」

その怯えを嗅《か》ぎ取ったのか、十が煽《あお》るように尋ねた。銀髪の本はハッと十に目を向け、吼えるように返す。

「お前を焼く炎の具合を見ていただけだ！　潰れた目では炎の具合も分かるまい！」

「それはご親切に。それでは、次の質問を」

版重ねは、すっかり十が主導していた。銀髪の本は、それを受けるだけになっている。未だ、何も崩されてはいない。それなのに、銀髪の本はただひたすらに追い詰められているようだった。

そのことが、殊更《ことさら》に不気味で、蠱惑的な版重ねであった。

「魔女が声を奪ったのは、人魚姫に喋《しゃべ》って欲しくなかったからである。相違ありませんか」

今度の十の質問は、さっきよりももっと奇妙なものだった。注目するところが、姫から魔女に変わっているものの、人魚姫が主軸でないことには変わりない。案の定、銀髪の本は先程のように不快そうな表情を浮かべて怒鳴った。

「一体それが何になる！」

「私は誤植を見つけようとしているだけでございますの。『姫人魚』の誤植を見つける為に、私はここを擦り合わせておかなければ」

「相違ないか分からない！　魔女は人魚姫の美しい声が羨ましく、その声を使ってみたかったのではないか？　真実の愛を証明してみせる為に、試練を与えたのかもしれないではないか！そうとも考えられるだろう！」

「しかし、魔女が奪った人魚姫の声を使う場面はありません。人魚姫が声を奪われたことは確かに障壁になりましたが、この難しい試練を与えられて失敗した人魚姫に、魔女は再度の機会を与えています」

「何が言いたい」

「であるならば、人魚姫に喋らせたくなかったと考えた方が自然では？」

「詭弁だ」

銀髪の本が苦々しげに言う。だが、どんな詭弁であろうと、版重ねではまるで構わないのである。何しろ、物語の正誤はここで、校正使が決めるのだ。

「それでは、これはどうだ。魔女は心が冷たく凍《い》てついており、人が苦しむ姿を見たいと考えているような女だった。人魚姫に泡にならない方法を提示したのは、人魚姫が王子を刺し殺すところが見たかったからだ。相違いないか」

「相違いありません」

十がそう返すと、銀髪の本はにやりと笑った。

「認めたな。校正使が書き留めたぞ。王子への殺意を抱いていたのは、人魚姫ではなく魔女だ。人魚姫の心に、王子への殺意は無かった」

「そうでありましょう。私もそう考えております。何しろ、人魚は魚に近いもの。人間が抱く殺意なるものが人魚にあるかどうか」

「あるはずがない。相違いない」と、銀髪の本が言う。

綴は十が何を考えているのかまるで分からなかった。綴からすれば、十が認めていることは全て十の主張には役立たないことである。それでは次、と前置いて、十が言った。

「城は海より遠く離れた場所に建っている」

「何故そう思う？」

「王子と人魚姫が誰にも見つけられなかったからでしょう。もし城が海の近くにあるのなら、警邏《けいら》が二人を見つけたはずですもの」

「……相違いない」

渋々といった調子で、銀髪の本が認める。最初の頃に比べ、銀髪の本の勢いは目に見えて落ちてきていた。恐らく銀髪の本は、舌戦を繰り広げるというよりはその堂々たる態度によって議論を主導し、販重ねに勝利してきたのだろう。

今の銀髪の本は、販重ねが始まった当初に比べ明らかにくすんでいた。炎に炙られると、その本の地金のようなものが出るのかもしれない——と、綴は思った。このままではまずいと思ったのか、今度は銀髪の本が口を開いた。

「人魚姫は殺意を抱いていない。何故なら人魚姫は人より獣に近く、王子を純粋に愛していたからだ。人魚姫の行動原理は、王子の愛を証明し本物の人間になることである。相違いないか」

「相違いありません」

「何故だ！　どうして反論しない！　妙な質問をするくせに、自らが不利になることは受け容れる！　お前は正気を失っているのか！　十の物語が、お前をおかしくしたのか！」

「相違いないことを相違いないと言っているだけでしょうに、何故怒っていらっしゃるの。私は不思議でなりませぬ」

「馬鹿にするのも大概にしろ！　校正使！　聞いただろう！　人魚姫は殺意を抱かない！　そんな人魚姫が王子を殺すものか！　早くこの悪書の檻を下ろすがいい！」

「いいえ、いいえ。そうはなりませんとも」

十が、ちらりと首を炎の方へ傾けた。十は盲《めし》いているので、当然ながら炎の朱さは分からない。猛る熱気でその烈《はげ》しさを推し量ることくらいしか出来やしないのだ。

だからこそ、十は一層版重ねに強くなるのではないか。

自らを炙る炎を見ず、内にある物語にのみ向き合うことが出来るのだから。

十は炎に向けていた顔をゆっくりと校正使の方に向けた。

「校正使様も、まだ版重ねが充分ではないと感じているご様子。しかし、大詰めであることには相違いありません。何しろ、魔女が隣国の姫であるということまでは、相違いないとの認識なのですから」

「————は、」

銀髪の本の顔が、さっと白くなった。さっきまで熱に喘《あえ》いでいたはずなのに、一瞬で身体の熱が冷めてしまったようだった。熱によって乾いた唇から「いつ、そんなことを」というひび割れた声が漏れる。ややあって、十が答えた。

「魔女は人魚姫と再び会っているのですから、魔女が海の中ではなく城にいたのは確実。その時期に城に現れた女は、人魚姫を除けば隣国の姫しかおりません。従って、彼女が魔女です」

「何を言い出すかと思えば……。ならば、最初に出会った時はどうだ。人魚姫は海の中にいた。隣国の姫は陸《おか》で暮らしていただろう」

「魔法で人間から人魚に変じていたのです。人魚に足を与えることが出来るのですから。そのくらい造作も無いことでしょう」

「それは間違っている！　魔女が魔法を掛けたのは、三年間で人魚姫ただ一人だと――お前が言ったのではなかったか！」

「いいえ、私はそう言ったのではありません。私は『魔法で足を与えたのは』と申し上げました。魔女は魔法で自らに尾鰭《おびれ》を与えたのでしょう」

「でたらめを、この嘘吐きの娼婦め！」

「いいえ、私は正しき『姫人魚』。私の語る物語は全て正しい」

銀髪の本がもう一度鉄の檻を力任せに叩いた。充分に熱された鉄の檻は、今度は銀髪の本の皮膚を焼き剥がしていった。だが、銀髪の本はまるで意に介さず、十を睨み叫ぶ。

「人魚姫は短刀を手に持ち、王子の寝所で眠っている彼を見た！」

「そこまでは相違いありませんとも」

「けれど人魚姫は刺さなかった！　王子を刺し殺すことは終《つい》に出来なかった！」

「いいえ、刺したのです！　人魚姫は王子を殺しました！」

この版重ねにおいて、十が大声を出したのは初めてだった。あの銀髪の本ですら、びくりと身体を震わせた。

「大声を出してしまい、申し訳ありません」

ややあって、十がそう微笑んだことすら、場を和ませるには至らなかった。黙っている間に、十が鉄の檻に手を伸ばして、それを思い切り掴んだ。じゅう、と肉の焼ける音が辺りに響く。開いた掌《てのひら》には、赤い火傷の痕がくっきりと浮かんでいた。

「これで赦《ゆる》してくださいませね」

そう言って、十は面白い冗談でも言ったかのように、楽しそうな笑い声を上げた。銀髪の本が、化物でも見るかのような目で十を見る。あるいは、その火傷に自分の未来を見ていたのだろうか。

「姫が魔女であり、魔女が殺意を抱いていたのであれば、どうして人魚姫を使う必要がある？罪を逃れる為か」

「それは一番の理由ではありませぬ。そもそも、魔女には——姫にはそうすることが出来なかったのでございます」

「短刀で刺し殺すことなど、姫であろうと出来たはずだ！」

「そうではありません。姫は王子の寝所に入ることは出来ませんでした。何故なら姫は婚礼前。初夜は婚礼の夜でございます。姫が寝所に入ることは出来ません」

銀髪の本が何か言いたげに口を開き――ここで止まった。隣国の姫の純潔は散らされていない――……それは、校正使の語った物語にあった。婚礼前の姫が王子の寝所に入るなどということは、考えられない。いくら敵国の女であろうと、相手は王女なのである。婚前交渉が認められるはずがないのである。

「それでは人魚姫が、娼婦同然の扱いをされていたことになる」

「娼婦同然の扱いをされていたのでしょう。王子の寝所に若い女が入る術《すべ》は、それしかない」

銀髪の本も、十も、人魚姫が王子の寝所に入ったことは認めている。

ならば、人魚姫が寝所に入れる理由が必要である。

「娼婦が必要なのであれば、街にいくらでもいるだろう！」

「人魚姫がそこらの街娼と違うところがあります。それは、人魚姫が余計なことを喋れないこと。寝所でのことを――婚約を控えながら行った密通のことを、人魚姫であれば誰にも話さない」

銀髪の本が息を呑んだ。そして、思わず言ってしまう。

「その為に、人魚姫の声を奪ったというのか」

「王子が寝所に呼ぶような女にする為に、そうするしかなかったのです」

そこまで聞いて、銀髪の女が口元を押さえる。明らかな失言だった。一体この失言が何に繋《つな》がっているのかが分かっていないのが、殊更に憐れだった。鎖の劣化具合などは両者殆ど変わらないだろうに、銀髪の本の籠だけが大きく揺れているように見える。

「それがどうした。人魚姫に殺意が無かったことには相違いない！　殺して泡にならなかったとて、人魚姫は王子殺しの下手人になる！　人魚姫は殺されるだろう。人魚が海に飛び込んで逃げることは出来ない。何しろ、城の近くには海が無いんだからな！」

とうとう反撃の糸口を見つけたからだろう。銀髪の本が突然勢いづいて話し始めた。

「人魚姫が王子を殺せば殺人の罪を逃れることは出来ない！　相違いないな！」

「相違いありません」と、十が静かに言う。

「ならばやはり、人魚姫が王子を殺すはずがない！　殺したところで、人魚姫は海には戻れないのだからな！」

「だから、人魚姫は殺すつもりなどなかったのです」

十は、そう言って自分の腹に触れた。火傷した方の手で触れたので、ドレスにべったりと血が付いてしまう。それでも、十は構わずに続ける。

「おかしいとは思いませぬか。王子の心を手に入れれば人間になれる、という条件から、突然王子の命を奪う、に変わるのは」

「魔女の言い出したことだ。条件が変わるに不思議はあるまい」

「そう考えるよりも、条件が変わっていなかった、と考えた方が、自然ではありませぬか？　あくまで、人魚姫は王子の心を手に入れたかったのです」

「殺せば心が手に入るとでも？」

「いいえ。魔女はただ、こう囁《ささや》けば良かったのです。『自分は人魚姫の恋の行方を見届けに来た。もし王子の心が手に入ったか分からないのであれば、子供が出来ているかを確かめなさい』と。短刀を渡しながらね。何が起こったのか、もうお分かりでしょう」

　尋ねながらも、十は銀髪の本の言葉を待たずに続けた。

「王子は現れた魔女と婚約をしたという。だが、毎夜変わらずに自らと交尾を行っている。心が手に入らなければ泡となって消えてしまうが、心とは何なのか？　人魚姫の疑問に対し、魔女はとても人魚向けの回答を寄越した。『王子に愛があるなら、王子の腹には卵がある。短刀で割いて卵があるか見てみなさい』と」

「そんなことを人魚姫が信じると思うか⁉」

「あら、そう思いますの？　人魚には清らかな処女しか――雌しかおらず、陽の光によって生まれ出でるものでありますのに。魚の中には、雄が雌に変わり子を孕むものもおりますの。人魚姫にとっては、馴染みの無い概念では無かったはず」

「そうであろうと……腹を割いた生き物が生きていられるはずがない……」

「海には腹に卵を抱えるものがいっぱいおりますのよ。海老も蟹も魚だって。それらは膜に覆《おお》われ、腹にくっついているのですから。卵膜を割いたところで、死ぬ生き物がいるでしょうか？」

そして——人魚姫はそうした。隣国の姫の——魔女の言葉を鵜呑みにして。裏のある人間の感情を理解出来ぬ純粋な人魚姫は、諦めきれずに卵を探す。自らが真に愛されている証を探す。人間の男が卵を孕まぬことも、腹を割かれれば容易に死んでしまうことも、人魚姫は知らなかった。

「こうして、魔女は国の復讐を果たした。全てはあの嵐の夜、難破したはずの王子が助かったことから始まったのです。人魚が王子を助けたと知った魔女姫は、長い長い罠を仕掛けた。これは『姫人魚』の語られておらぬ部分、版重ねにおいてのみ擦り合わせられる部分でございます」

十が優雅に一礼をする。

十が語った『姫人魚』が正しいかどうかは分からない。ただの戯言かもしれない。何しろ、原典は誰も知らない。正しき本によって語られた物語こそが本物なのだ。

かくして、十の『姫人魚』は完成した。どれだけ詭弁に満ち、どれだけ歪であっても、十が十の物語の筋を通し、語りきってしまった。そうなれば、版重ねは終わったも同然だった。

銀髪の本は殆ど恐慌状態にあった。もしこの二冊が檻で隔てられていなければ、銀髪の本は十を破り殺していたに違いなかった。

「こんなものは間違っている！　お前の語る物語では、人魚姫はまるで端役ではないか！　この物語は、愛に殉じた人魚姫の物語だぞ！　お前の語る物語は、魔女の物語だ！」

「ええ、その通り。この物語は、復讐に身を窶《やつ》した魔女の物語。ここに見える炎のような、激しい怒りを持った、姫の物語。題をご覧なさいませ。『姫人魚』とあるでしょう」

「それが――何だと言うのだ」

「この物語に出てくるのは人魚姫。しかし、題は『姫人魚』。この題こそが、誤植を引き起こしたのです」

十は心より愉しげだった。はしゃぐ姿は、なるほど貞淑とは言えない。物語に淫したとはよく言ったものだ。今の十は、その言葉がよく似合う。そして片手間に、相手の本を蹂躙するのだ。

「本来、題の『人魚』は『人魚』ではありませんのよ。彼女は傀儡《にんぎょう》。全ては魔女の――いいえ、姫の思うがままだった。それを示す為に、題が付けられた。この物語の題は『姫人魚』。古くは『姫傀儡《ひめにんぎょう》』とされていたものが、時を経て変化したものでございましょう」

それを聞いた瞬間、銀髪の本は十に見向きもせずに校正使へと顔を向けた。

「校正使様！　私は――私は改心いたします！　もう二度と、誤った『姫人魚』を語りませぬ！　今一度私に慈悲を――誤植を直し、本当に正しき本に――」

だが、校正使は表情一つ変えなかった。じっと銀髪の本を見下ろしている。同じような懇願を行う本は、今までにも沢山在った。だが、ただ一度としてそれが聞き届けられたことはない。誤植のある悪書は焼かれる。それが版重ねだ。

校正使が当てにならないと見るや、銀髪の本は重ね場の読者達に対して金切り声を上げ始めた。

「ああああ、誰かあーっ！　助けてえっ！　私をぉっ！　愛してくれていたでしょう！　嫌だぁっ、焼けたくない、焼けたくないの！　ああっ！　助けて！」

確かに、銀髪の本を愛した読者は多くいただろう。けれど、それは彼女が誤植の無い『姫人魚』であったからだ。粗悪な本など誰も愛さない。銀髪の本が今一度叫んだ瞬間、籠が一気に落ちた。

「あああああぁあーーーーーッ！！！！！！」

銀髪の本は、跳《は》ねた。狭い檻の中で、体格の良い身体がばたんばたんと跳ねる。鉄格子に焼かれてもなお、銀髪の本は抵抗を止めなかった。奇妙なことに、銀髪は炎に捲かれにくく、逆に火の粉を纏っては銀髪の本の顔に襲いかかった。

「ああッ！　どうして！　私は間違っていない！　この、愚かな淫売が！　傲慢《ごうまん》な恥知らずめがッ！　お前が、お前が焼かれるべきだ――」

銀髪の本が頭上を見上げ、必死に呪詛を吐く。だが、十はまるで聞こえていないような顔をして、じっと動かなかった。次第に、銀髪の本は炎の相手で必死になっていった。火の粉を纏う銀髪をぶちぶちと抜き、どうにか顔から離そうとする。だが、銀髪は炎を纏う鞭《むち》となり、銀髪の本を絶えず襲った。

銀髪の本の高らかな声は、悲鳴であってもよく映えた。綴は、その声を最も美しいと感じた。銀髪の本の麗《うるわ》しい声は、こうして焼かれる為にあったのではと思うほどだった。

頑丈な本であるのだろう。銀髪の本はなかなか死ななかった。顔がすっかり焼け溶けてしまい、顔面の骨が露出してもなお、銀髪の本は生きていた。焼け爛《ただ》れた眼球は、白い河となって張り付いている。十の『河』とは大違いだった。

銀髪の本の檻はまだ激しく揺れていた。火の勢いの方が段々弱まってきてしまったほどで、これから銀髪の本は半死半生の身体をゆっくりと炙られていくことになるのである。その苦痛を想像するだに、背筋が震える。

燃え止《さ》しになった身体から、背骨はまだ見えない。しっかりと付いた肉が、露出を阻んでしまう。もしここで見えたら、人々は銀髪の本を、その背骨の美しさによって記憶出来ただろうに。これでは、銀髪の本は誰の記憶にも残らない。

人々が記憶するのはただ十だけだ。目を焼き潰されながらも版重ねに勝ち、その身に正しき物語を十も宿す異形の本。

十が焼かれなくて良かった、と、綴は心から思った。十はこの世で最も価値のある本である。鉄の檻に座し炎を見下ろす十を見ながら、綴は震えた。

その時、十がこちらに視線を――盲いた十に視線があるかは別として――向けた。まるで綴の心を見透かしたかのような顔で、笑う。

綴は自らの身体を通る背骨の存在に、気づかされる。


綴は本屋の娘に生まれた。

本屋は背骨のある本達を囲い、その蜜を吸う寄生者である。

この国の日陰者であり、物語の陰に潜む者である。

それ故に、本屋は普通では触れられぬものに触れることが出来る。

幼い頃、綴は肺の無い本を見たことがある。

校正吏が店に来て、何かを運び込んだ。そして父親と話をし、真夜中に大きな穴を掘った。綴は早く寝るように言われたが、それを無視した。何故校正吏が店に来たのか、一体何を持ってきたのかがどうしても気になったからだ。窓から外を覗き見て、穴の中に何かが投げ入れられるのを見た。

肺の無い本だった。本達が物語にもならない噂話として語る、背骨の無い、ただの本。かつて、読書が今よりもずっと低俗で安い娯楽であった時に普及していたという、嘘のようなもの。

伝え聞いていただけなのに、綴はそれがそうだとはっきり分かった。姿形はまるで違うのに、それらは驚くほど背骨のある本に似ていた。

大きな穴を埋め尽くすように、肺の無い本が投げ込まれる。今では、それを所有することは禁止されている。持ったり読んだりしていれば厳しい罰が与えられる。それでも、肺の無い本を求める人間は後を絶たないというのだが。

投げ込み終えた後、父親は躊躇いなくそこに油と火種を投げ入れた。途端に穴が燃え上がる。あの穴は重ね場だ、と綴は思った。炎の勢いはどんどん強くなり、肺の無い本が燃え上がっていく。

その様を見た綴は、酷く失望した。

――なんて、肺の無い本はつまらないのだろう。

肺の無い本は簡単に燃え上がり、灰となっていく。中に綴《つづ》られていた物語は、数秒の内に消え去っていく。呆気《あっけ》なく、何の抵抗も無い。

綴はもう既に版重ねを観たことがあり、誤植のある悪書が燃え上がるところも目の当たりにしていた。どの本も自分の生にしがみつき、間違った物語と共に心中する自らを悔やんで絶叫していた。ただひたすらに炎に怯える本もあれば、相対した本に最後まで呪詛を吐く本もあった。痛みと熱さで自我を保てなくなる本もあった。

背骨のある本は気高く、自らの身を誇っていた。

それに対し、肺の無い本はどうだろう。燃える時のつまらなさ、呆気なさ、憐れみさえ覚えるほどの脆《もろ》さ。灰になっていく本を見て、まるで燃える為に生まれてきたようだとすら思った。綴が背骨のある本に傾倒するようになったのは、肺の無い本を見てからかもしれない。火に捲かれるそれに比べ、棚に並ぶ本達のなんと素晴らしいこと！

背骨のある本は、燃える瞬間まで美しい。

その生すらも物語であるからだ。

版重ねを終えた十は、見違えるほど元気になっていた。まるで、銀髪の本の精気を吸ったようでもある。発熱していたはずの身体は陶器のように冷たく冴え渡り、月の光を発していた。炎から逃れた本は独特の輝きを放つというが、今の十を見ているとその意味が分かる。

版重ねを終えてすぐ、綴は十の棚に向かった。そして、神々しいばかりに輝く麗しき本に額《ぬか》ずき、熱っぽく繰り返す。

「あの銀髪の本の燃える様を、ひい様にも見せて差し上げたかった。あの銀髪の灰になる様を、ひい様が見るべきだった。ひい様、あの版重ねはきっと本ではないものすら語り継ぐでしょう。銀糸が火に捲かれる時のあの輝きを、ひい様に見て頂きたかった」

十の目が焼き潰されたことへの悲しみは、十の目を焼き潰された怒りに変わっていた。銀髪の本の苦悶に満ちた顔、怯えに支配された表情、焼けた背に浮かぶ背骨の影を、どうして勝者である十が見られないのか、という怒りである。

「いいえ、見たわ」

果たして、十はそう返す。

「この目が焼き潰されようと、私の中には千里があるのだ。あの悪書が焼かれるところを、私はこの潰れた目でしかと見たのだ。その背骨の白さすら、私には見えていたのよ」

「そうでしょうとも。そうでしょうとも。ひい様は全てを知っておいでなのですもの。これより前も、これより先も、ひい様は全てをお見通しですわ。明日、私はもう一度重ね場に参ります。あの本の背骨を、しかと確かめてやらなければ――」

「綴」

気づけば、綴と同じ位置まで十が降りてきていた。あまりのことに、綴は身を引きそうになる。だが、他ならぬ十がそれを許さない。微笑で綴を留めたままで、十が言う。

「そんな話をしに来たんじゃないでしょう、あなたは」

心臓を射貫かれたような気持ちになった。

綴の身体を貫く衝撃が、背骨までを震わせる。十からはまだ微かに血と煙の臭いがした。燻《いぶ》され、死を浴びた本の臭いだ。

焼き潰された目の疵には、未だ蛋白石の粉が光っている。近くで見ると、それはもう美しさよりもおぞましさが勝った。粉の周りに黄色い膿が浮き、そこだけが死体のようであった。

だのに、目を逸《そ》らせない。

あまりに神々しく、愛《いと》おしくて、また涙が浮かんできた。最初から自分は感激していたのか、とすら綴は思った。この疵こそが、十を最も際立たせる装丁なのだ。

本屋の娘に生まれた綴は、幼い頃から父親に言いつけられていた。必要以上に本と接触してはならない。読んでもいいが、関わってはならない。

へんしゅうしゃに、なってはいけない。

魅入られる——物語に、魅入られる。

父親こそ偏執者だったのかもしれない。そうでなければ、こんな仕事を選ばない。同じものを、互いに見ていた。

それが今——決壊する。耐えきれず、綴は叫んだ。

「ああ、私も——私も、本に成りたい！」

それを聞いた瞬間、十がちろりと舌を出した。楽園に棲《す》まう蛇のような、長い長い舌だ。もう止まらない。綴は十に縋《すが》るように言った。

「ひい様、私はもう物語を宿さぬ人の身に厭気《いやけ》が差してしまいました。一体何故、こんな詰まらない人の生に甘んじていたのでしょう。私の生には何も無い——語ることの無い空虚な生でございます。ですが私は——ようやく見つけました！　私がこの身に宿すべき物語を！」

語らなければ。語らなければ。綴の内に炎が躍り狂っている。このままだと、内から焼けてしまう。

綴の父は、きっとこれを恐れていたのだろう。折角、自らの娘が在ったのに。本ではなく、人として在ったのに。物語に出会って、自ら本に成りたいと願ってしまうだなんて。何という親不孝だろうか。だが、遅かれ早かれこうなっていただろう。綴には背骨が通っているのだ！

「あなたはそうだと思っていましたのよ。私、不思議でなりませんでしたの。どうして、あなたは人の振りなどしているのだろう――本である癖に、物語を放棄しているのだろう、と」

十にそう言われ、綴は身体が燃え上がりそうなほど恥ずかしくなった。ああ、どれだけ自分は無様だったことだろう。本が人の振りをしていただなんて。恥ずかしい。恥ずかしい。惨めですらある。

「ひい様、ひい様、私も本に成れるでしょうか。ひい様のような素晴らしい本に。自らを人と勘違いしていた私でも、成れるでしょうか」

「ええ、きっと。あなたは素晴らしい本に成る。物語と共に焼ける本に――あなたの背骨は、きっと美しいでしょう」

十が愛おしげに綴の背骨を撫でる。一撫でされる度に全身が震え、自らが人ではないものへと変じていくのが理解る。

ゆらりと綴が立ち上がった。愛おしげに、十が綴を見上げる。疵が綴を見つめてくれている。それだけで――充分だった。

綴は棚を出て、何一つ持たずに真夜中の街へ出た。行くべき場所は分かっていたし、持っていくべきものは頭の中に携えていた。

夜明けと共に、綴は成本所《せいほんじょ》へと辿《たど》り着いた。成本所の職人達は、綴を見て何も言わずに迎え入れてくれた。傍目《はため》にも、綴が本に見えることの証左だった。語るべき物語を得たものは、それと分かるものなのかもしれない。

中では火が焚かれていた。壁には大振りの刃物がいくつも下がっていた。よく手入れされていて、そちらもまた美しい。だが、やはり綴の目を引いたのは揺らめく炎であった。

炎を見つめ続けている綴に対し、職人がどうする、と声を掛けてきた。綴は物語を宿した背骨のある本である。全ての装丁を、自らが決めることが出来る。綴は迷い無く言った。

「手も足も目も灼き潰してくださいまし。もう――必要ありません」

もう綴は、何かを見る目も要らない。何かを得る手も要らない。棚の外に出る足も要らない。物語と、それを求める声と、語る為の舌があればいい。あくまで本に徹しようとする綴の様は目を引き、読むものに迷う読者の足を止めるだろう。

職人は二度は聞かなかった。すぐさま職人は、炎の中から焼けた器具を取り出した。二枚の鉄の板が重ね合わされた、鋏《はさみ》状のものである。本の手足を焼き潰す為のものである。その朱さを見ていると、綴の全身が震え、軽い絶頂に導かれた。

綴は挟みやすいよう足を上げる。

感じたことのない熱に足が包まれた瞬間、綴はたまらずに絶叫した。それこそ、本としての綴の産声だった。


綴は、炎を思わせる赤いタッセルをいくつも垂らし、残した片腕で身体を支えて読者を待った。纏っている薄衣のドレスも赤く、遠目には、それは生きた炎に見えた。

彼女はもはや、綴ではなかった。

その名は十、十語り。

世にも珍しき異形の本、十についてを語る本である。

十はその後、更に人の口に上るようになり、長く居たあの本屋を出た後は、国を巡っている。

十の出る版重ねは人を呼び、また語られる物語が増えていく。

それに反して、十語りの行方は杳《よう》として知れない。

生きた物語である十を語る十語りは、十以上に多くの物語を宿しているのかもしれない。その骨の白さが既に晒されたのか、それともまだ晒されていないのか。十語りはまた別の十語りを生んだのか、それとも一代限りの徒花《あだばな》として焼かれていったのか。

いずれにせよ、正しき結末はまだ炎に裁かれてはいない。

斜線堂有紀（しゃせんどう・ゆうき）

上智大学卒。2016年、『キネマ探偵カレイドミステリー』で第23回電撃小説大賞メディアワークス文庫賞を受賞してデビュー。20年『楽園とは探偵の不在なり』が、第21回本格ミステリ大賞（小説部門）にノミネート、各ミステリランキングに続々ランクインするなどして話題を呼ぶ。著書に『廃遊園地の殺人』『愛じゃないならこれは何』『君の地球が平らになりますように』『回樹』などがある。

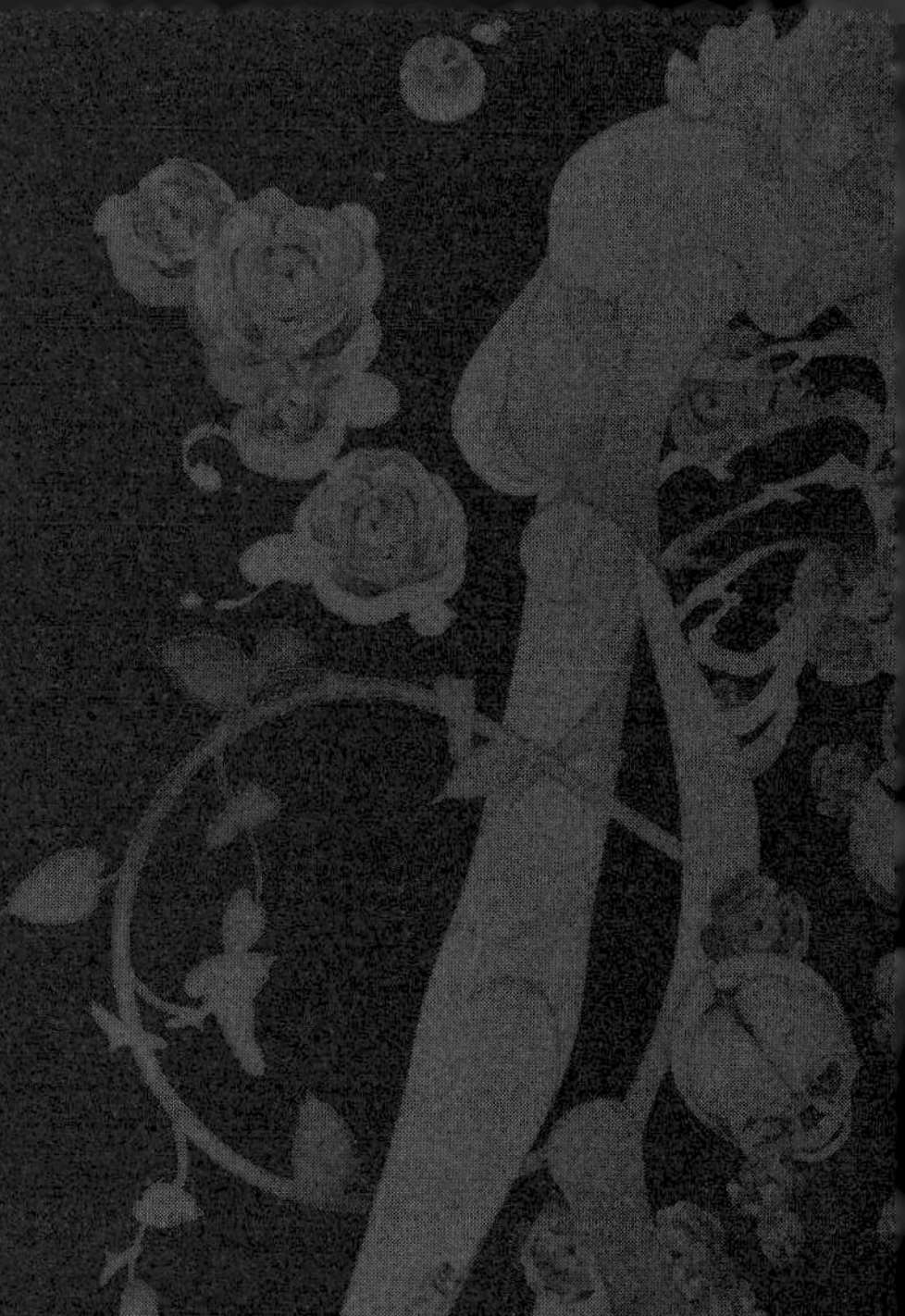

初出

◎ **本の背骨が最後に残る**『蠱惑《こわく》の本　異形コレクションL』
2020年12月刊

◎ **死して屍《しかばね》知る者無し**『秘密　異形コレクションLI』
2021年6月刊

◎ **ドッペルイェーガー**『狩りの季節　異形コレクションLII』
2021年11月刊

◎ **痛妃婚姻譚《つうひこんいんたん》**『ギフト　異形コレクションLIII』
2022年4月刊

◎ **『金魚姫の物語』**『超常気象　異形コレクションLIV』
2022年12月刊

◎ **デウス・エクス・セラピー**『ヴァケーション　異形コレクションLV』
2023年5月刊

（『異形コレクション』はすべて光文社文庫）

◎ **本は背骨が最初に形成《でき》る**
書下ろし

本《ほん》の背《せ》骨《ぼね》が最《さい》後《ご》に残《のこ》る

2023年9月30日　初版1刷発行
2023年10月30日　2刷発行

◉著者　斜《しゃ》線《せん》堂《どう》有《ゆう》紀《き》

◉発行者　三宅貴久
◉発行所　株式会社光文社
〒112-8011 東京都文京区音羽1-16-6
電話　編集部 03-5395-8254
書籍販売部 03-5395-8116
業務部 03-5395-8125
URL　光文社 https://www.kobunsha.com/

◉組版　萩原印刷
◉印刷所　萩原印刷
◉製本所　ナショナル製本

ISBN978-4-334-10051-3